# NEUBEGINN FÜR DIE LIEBE

## EINE NOVELLE

## JEANINE LAUREN

# IMPRESSUM

Originaltitel: *Love's Fresh Start – A Novella*

Deutsche Übersetzung © 2025 Jeanine Lauren

ISBN: 978-1-997523-20-8

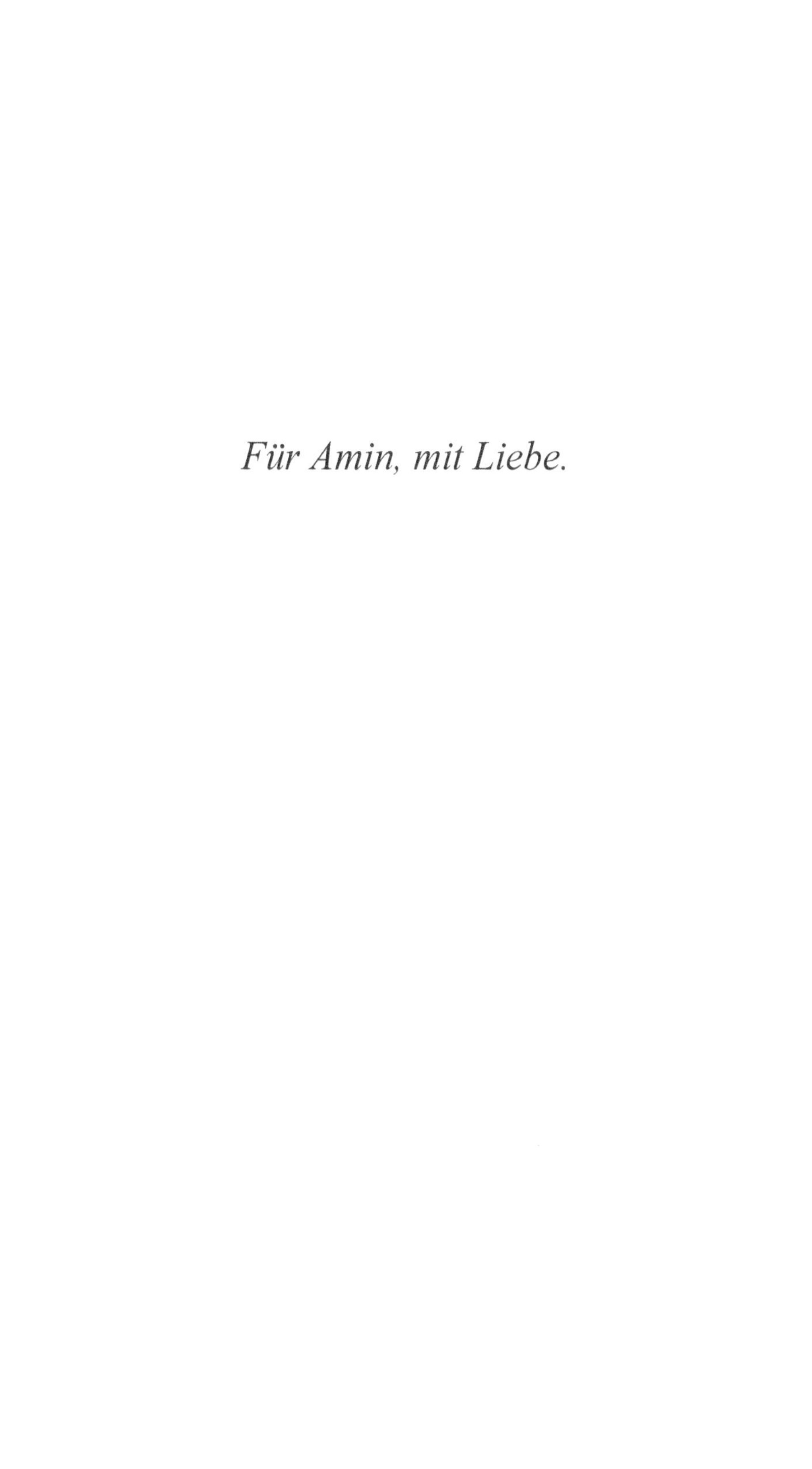

*Für Amin, mit Liebe.*

# KAPITEL 1

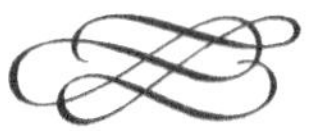

»Warum habe ich nur zugesagt?«, murmelte Sylvia Tremblay, während sie ihren Schal zurechtzupfte, um ihren Hals besser vor der kühlen Frühlingsbrise zu schützen.Sie blickte zu den stahlgrauen Wolken über Sunshine Bay auf und hoffte, dass es nicht regnen würde.

Weil der Arzt darauf bestanden hat, dass du Spaziergänge machst, antwortete die Zuchtmeisterin in ihrem Kopf mit einer Stimme, die der ihrer verstorbenen Mutter verblüffend ähnelte.Eine Stimme, die praktisch war. Rechthaberisch. *Du musst irgendetwas versuchen. Die Pillen und die Gesprächstherapie scheinen nicht mehr zu wirken. Willst du den Rest deines Lebens so verbringen?*

Als ob ein Spaziergang zwischen Narzissen und den ersten Knospen des Frühlings ihr helfen würde, darüber hinwegzukommen. Mark war fort, und sie war allein. Sie würde immer allein sein.

*Hör auf damit. Er ist weg, und du musst weitermachen. Du musst dein altes Ich wiederfinden... die Sylvia, die du warst, bevor diese dunkle Wolke sich über dir niedergelassen hat. Vor Mark.*

Sylvia nickte zustimmend zu der Stimme ihrer Mutter, straffte ihre Schultern gegen die Brise und ging weiter.

Sie hatte es dem Arzt versprochen, und jetzt, wo sie hier in den Gärten des Stadtparks war, würde sie versuchen, den

Morgen zu genießen. Es war etwas Normales, einen Morgenspaziergang zu machen. Und es war sicherer, jetzt zu gehen als am Nachmittag. Es war unwahrscheinlicher, am Morgen auf Menschen zu treffen. Sie war noch nicht bereit für Menschen. Besonders nicht für Männer. Sie hatte sich seit Marks Krankheit und Tod vor zwei Jahren nicht mehr wohl unter Menschen gefühlt. Seit dem Schwarzen...

*Was war das?* Etwas fiel ihr ins Auge. Klein und...

Schwarz.

Sylvia hielt mitten auf dem Pfad inne, um den Anblick vor ihr aufzunehmen, und ein kleiner Seufzer der Zufriedenheit entwich ihren Lippen. Wie lange war es her, dass sie gelächelt hatte? Es fühlte sich an wie zwei lange Jahre. Und doch stand sie hier und lächelte über eine kleine schwarze Katze, die in den ersten warmen

Frühlingssonnenstrahlen döste, die durch die Wolken über ihr gedrungen waren.

Sylvia ließ sich auf die Bank in der Nähe nieder, froh, diesen ruhigen Ort abseits der Menschen gefunden zu haben. Menschen machten sie nervös. Aber Tiere, besonders diese Katze...

Die Katze schreckte aus ihrem Schlaf auf und sprang auf alle viere. Sylvia zuckte überrascht zusammen.

»Du hast mich erschreckt«, sagte Sylvia. Die Katze wandte sich ihr zu, mit wachsamen Augen, und wich in Richtung des Unterholzes in der Nähe des Pfades zurück.

»Oh, geh noch nicht so schnell weg. Komm, Kätzchen, Kätzchen.« Sylvia erhob sich und streckte ihre Hand aus, um die Katze dazu zu bewegen, auf sie zuzukommen. Die Katze drehte sich um und rannte in die Sicherheit des verworrenen Unterholzes, hielt inne, um sich umzudrehen, erstarrte an Ort und Stelle und beobachtete Sylvia.

»Du wirst diese Katze nicht dazu bringen, herauszukommen«, sagte eine tiefe Stimme hinter ihr. Sylvia wirbelte herum und sah einen großen Mann in Latzhosen, der sie unter der Krempe einer Schaffnermütze anlächelte. »Diese Katze ist schon seit Jahren hier«, fuhr er fort. »Ich sehe sie morgens, wenn ich zur Arbeit komme. Sie mag Menschen nicht besonders. Ich habe versucht, freundlich zu sein, aber sie läuft davon.«

»Vielleicht war sie schon immer wild.« Sylvias Herz klopfte. Die Angst, die in den letzten Monaten ihre ständige Begleiterin gewesen war, stieg in ihrer Brust auf. Sie war überrascht, dass sie überhaupt Worte herausbrachte.

»Ich glaube nicht«, sagte der Mann. »Mir wurde gesagt, sie gehörte einem älteren Ehepaar, das früher auf der anderen Straßenseite wohnte. Die beiden starben vor ein paar Jahren bei einem Brand, und seitdem ist sie hier.«

»Wie traurig«, sagte Sylvia. Sie warf einen Blick auf die Katze und fühlte plötzlich eine Verwandtschaft mit ihr. Sie waren beide aus ihrer alten Welt gerissen und gezwungen worden, in einer neuen Fuß zu fassen.

»Sie fängt aber viele Mäuse. Wir sehen am Bahnhof nicht viele.«

»Bahnhof?«, fragte Sylvia und lobte sich innerlich für ihre fast normal klingende Stimme, während sie darum kämpfte, sich zu entspannen und zu atmen, als würde sie täglich mit fremden Männern sprechen.

»Ja, dahinter.« Der Mann zeigte auf eine Wand aus Brettern, die wie ein Steinzaun bemalt war. »Da fährt im Sommer ein Zug für die Kinder. Ich fahre ihn und kümmere mich um einen Teil der Wartung. Die Saison beginnt in zwei Wochen, also bin ich hier, um mich auf unseren Frühjahrsstart vorzubereiten.«

»Die Kinder müssen das genießen«, sagte Sylvia und trat sich innerlich, weil sie das Gespräch mit diesem Mann fortsetzte. Sie wollte allein sein, um mit der Katze zu kommunizieren, die sie beobachtete. Die Katze beobachtete sie ebenfalls.

»Oh ja, die Kinder scheinen es zu mögen. Ich genieße es auch. Wollte schon immer einen Zug fahren, also habe ich damit angefangen, nachdem ich in Rente gegangen bin.« Er lächelte.

»Aha.« Sylvia nickte. Er sah nicht alt genug aus, um in Rente zu sein. Er schien etwa in ihrem Alter zu sein.

Beachtete sie einen Mann? Was würde Mark sagen?

»Ich heiße Jack Robertson.« Der Mann

streckte ihr die Hand entgegen und unterbrach ihre Gedanken.

Sylvia betrachtete sie, bevor sie langsam seine Hand schüttelte. »Sylvia Tremblay.« Sie blickte in seine haselnussbraunen Augen, die für einen Moment Schmerz zu offenbaren schienen. Für einen Moment verlor sich Sylvia in diesem Schmerz. Fühlte Jack sich genauso hoffnungslos wie sie? Fragte er sich, wie sie, ob dieses Gefühl jemals verschwinden würde?

Vielleicht war er wie sie. *Allein.*

Oder...

Einsam.

»Ich habe Sie hier noch nie gesehen. Sind Sie neu in der Gegend?«, fragte Jack und lächelte leicht, sein Gesicht von einem Leben voller Lachen gezeichnet. Sylvia ertappte sich dabei, wie sie sein Lächeln erwiderte und hoffte, dass ihres echt wirkte.

»Nein, ich lebe schon seit Jahren hier«, sagte Sylvia. »Ich komme allerdings nicht oft in den Park.« Konnte er ihr Herz schlagen hören? Die lauten Bongoschläge in ihren Ohren machten sie kurzzeitig schwindelig, und sie spürte, wie Hitze unter dem Kragen ihres Mantels aufstieg. Ihr Gesicht war sicherlich gerötet. Sie fühlte, wie die Hitze in ihren Wangen zunahm. Jack sah sie an, dann die Katze, und hob seinen Arm, um die Zeit auf seiner Uhr zu lesen.

»Nun, ich sollte weitergehen. Einen schönen Tag noch, Sylvia.«

»Ja. H-haben Sie auch einen schönen Tag.« Der kalte Schweiß, der ihren Rücken hinaufzukriechen begonnen hatte, ging zurück, als sie Jack beobachtete, wie er zum hinteren Teil des Gartens ging und durch eine Tür im Zaun verschwand.

»Nun, das war peinlich.« Sylvia setzte sich zitternd wieder auf die Bank und wandte ihre Aufmerksamkeit zurück zur Katze. »Ich habe seit einer Weile nicht mehr mit einem Mann gesprochen. Außer Ärzten natürlich, aber die sind nicht dasselbe. Zumindest nicht in ihrer beruflichen Funktion.« Und das wusste sie. Sie hatte nach dem Unfall und während Marks langer Krankheit eine ganze Reihe von medizinischen Fachleuten getroffen. Sylvia schüttelte den Kopf und zog sich in die Gegenwart zurück. In den Kaninchenbau der Vergangenheit hinabzusteigen, führte immer zu Schmerz.

*Denk an das Ziel, Sylvia.* Sie musste ihren Weg zurück in die Welt finden, nicht steuerlos in einem Meer alter Erinnerungen treiben. Die Katze schaute sie an, eine unbewegliche Statue.

»Aber genug von mir. Sag mir, wie bekomme ich dich aus deinem Schneckenhaus, Kleine? Du siehst ein bisschen mager aus. Hast du nicht gut gegessen?«

Die Katze blinzelte, drehte sich um und ging tiefer ins Unterholz.

Sylvia saß da und starrte auf die Stelle, wo die Katze verschwunden war, bis ihr bewusst wurde, dass die kalte Frühlingsluft durch ihre zu dünne Jacke gesickert war.

»Nun, ich schätze, das war's«, murmelte Sylvia. »Zeit, in Bewegung zu kommen.« Sie stand auf und begann, den Pfad entlangzugehen, der sich durch die Gärten schlängelte, wobei sie immer wieder ins Unterholz schaute, um zu sehen, ob sie die Katze finden konnte.

Als sie zur kleinen Brücke kam, die den Bach in der Mitte des Geländes überquerte, hielt sie einen Moment inne, um eine Stockente und ihre Gefährtin zu beobachten, die im langsam fließenden Wasser trieben. Ihr Herz zuckte. Es war schwer, Single zu sein, wenn man so lange Teil eines Paares gewesen war. Sie würde sich daran gewöhnen müssen; es gab nicht viele Männer, die an einer molligen Sechzigjährigen interessiert waren, besonders an einer, deren Gedanken ständig von dunklen Wolken heimgesucht wurden. Sie dachte an Jack und verwarf die Erinnerung schnell wieder. Nur weil er der erste Mann war, mit dem sie seit Monaten gesprochen hatte, bedeutete das nicht, dass er interessiert war. Vielleicht war er auch gar nicht passend. Obwohl er ein freundliches Gesicht hatte.

Zumindest war sie nicht allein in ihrem Elend. Die Online-Selbsthilfegruppe, die sie gefunden hatte, bestand aus Frauen aus allen Ecken der westlichen Welt, die ihr neues Schicksal beklagten. Sie meldeten sich im Chatroom oder in Diskussionsforen an, jede teilte ihre Geschichte, jede schlimmer als die letzte. Aber in gewisser Weise war es ein Trost zu wissen, dass andere Frauen ihr Schicksal teilten. Sie war Mitglied eines exklusiven Clubs mit dem ultimativen Aufnahmeritual: Alles, was man tun musste, war, der überlebende Ehepartner zu sein.

Sylvia schlenderte an einer ovalen Bahn vorbei, auf der mehrere Männer und Frauen in einem zufälligen, aber organisierten Muster gingen, einige allein, einige in Gruppen, einige im Uhrzeigersinn und andere gegen den Uhrzeigersinn, alle koexistierten trotz ihrer unterschiedlichen Rhythmen. Die Leute lächelten, als sie vorbeigingen, und sie zwang sich, sich ihnen zuzuwenden und das Lächeln zu erwidern.

Ihr Arzt wäre stolz. Sie hatte getan, was sie versprochen hatte.

Aber was nun?

Sylvia zog den Busfahrplan aus ihrer Tasche. Wenn sie sich beeilte, könnte sie um halb elf zu Hause sein – wo sie...

Zeit in einem Chatroom mit anderen Frauen verbringen würde, die mit Trauer durch Pillen und Mitleid umgingen?

Nein. Heute hatte sie sich bemüht herauszukommen, und nun, da sie es geschafft hatte, würde sie nicht sofort nach Hause gehen. Heute würde sie in den Laden gehen und einige Notwendigkeiten kaufen: Milch, Eier, frisches Gemüse, vielleicht etwas Katzenfutter.

Entschlossen verließ Sylvia den Park in Richtung des kleinen Supermarkts, den sie normalerweise anrief, um ihre Lebensmittel liefern zu lassen. Es war früh an einem Montagmorgen, und es waren nur wenige Autos draußen geparkt.

»Du kannst das schaffen«, sagte Sylvia leise zu sich selbst. »Du kaufst hier seit Jahren ein.« Aber sie wusste, dass es mehr als das war. Dies war das erste Mal seit Marks Tod, dass sie sich hinausgewagt hatte, um selbst einzukaufen. Die

Bongoschläge waren wieder in ihren Ohren. *Atme, Sylvia.* Sie ging zur langen Reihe der Einkaufswagen, zog einen aus seinem Nest und manövrierte ihn zu den automatischen Türen am Eingang des Ladens.

Die Gänge waren fast leer, und sie fand bald die Milch und die Eier. Als sie an der Molkereiabteilung vorbeiging, hielt sie einen Moment inne, um die Joghurtbecher zu lesen. Sie hatte im Fernsehen Werbung für griechischen Joghurt gesehen, und bevor sie sich davon überzeugen konnte, es nicht zu tun, nahm sie einen kleinen Becher. Zeit für die Gemüseabteilung.

Sylvia blieb ein paar Minuten stehen und betrachtete die Farben des Gemüses: rote Paprika und orangefarbene Karotten leuchteten neben den grünen Bohnen. Reihen von Wurzelgemüse und Pilzen – Shiitake, weiße und Portobello. Ihr Magen knurrte, aber sie hielt sich davon ab, ihren Wagen vollzuladen. Sie konnte sich nicht dazu aufraffen, neue Rezepte für eine Person auszuprobieren. Als Mark noch lebte, hatte sie gerne für ihre vielen Besucher gekocht, aber jetzt...

Sie nahm einen langen, beruhigenden Atemzug und befahl den wilden Bongos zu schweigen. Sie würde bei den einfachen Lebensmitteln bleiben, obwohl sie heimlich ein Bündel Spinat und etwas Salat in den Korb legte, zusammen mit Karotten und roten Rüben, um einen frischen Salat zu machen. Ihr Arzt wäre froh zu hören, dass sie versuchte, gesünder zu essen. Zufrieden machte sie sich auf den Weg zur Tierfutterabteilung.

Dort kehrten die Bongos zurück, und ihr wurde schwindelig, als sie die Auswahl an Katzenfutter überblickte. Wie sollte sie jemals wählen? Was mochte eine Katze fressen? Sie pausierte einen Moment, um tief zu atmen und bis zehn zu zählen, wartete, bis die Angst zurückging, und untersuchte die Optionen erneut. Warum war sie überhaupt hergekommen? Sie war noch nicht bereit, einkaufen zu gehen.

»Aber was ist mit der Katze?«, murmelte sie. »Sie ist ganz allein und dünn von den wenigen Mahlzeiten. Du schaffst das.«

Es gab vier verschiedene Sorten, und sie nahm von jeder eine, legte sie schnell in den Wagen und steuerte dann zur Kasse. Bald war sie wieder draußen und hielt zwei neu gekaufte Stofftaschen voller Lebensmittel.

»Du hast es geschafft«, sagte sie, drehte sich zur Straße und ging zur nächsten Bushaltestelle.

Jack betrat den Schuppen, in dem die Züge aufbewahrt wurden. Nach seiner Winterpause war es gut, wieder inmitten des Geruchs von Motoröl und der Werkzeuge zu sein, die er liebte. Der Zug war seit der Weihnachtszeit nicht mehr gefahren, als er ihn durch den Wintergarten gefahren hatte, der durch die Lichter zum Leben erweckt wurde, die jeden Ast schmückten. Er lächelte, als er an die Kinder dachte, die die Feiertagsfahrten genossen. Es war eine der Freuden seiner Arbeit, ihnen zuzuhören, wie sie bei dem Anblick *oooh* und *aaah* sagten und dann jubelten, wenn sie am Ende herausgeführt wurden, um heiße Schokolade zu genießen.

Er ging zur Truhe und legte die Werkzeuge bereit, die er brauchte, um den Motor zu überholen. Jack liebte diesen Teil seiner Arbeit. Er hatte früher gerne an den Wochenenden gebastelt, bevor er zwei Jahre zuvor seinen Job als Bankmanager aufgegeben hatte.

»Hey, Jack.« Sein Kollege Tyler begrüßte ihn, als er durch die Tür trat. »Du bist früh dran.«

»Nun, ich fange gerne früh an.«

»Wirklich? Oder erdrückt Cassie dich immer noch?« Tyler grinste.

»Sie meint es gut. Und es ist nicht so schlimm wie damals, als sie gerade zurück in die Stadt gezogen war.« Jacks erwachsene Tochter Cassie war etwa zwei Sommer zuvor angekommen, ein paar Wochen nachdem Emma, seine jetzige Ex-Frau, ihn verlassen hatte.

»Nun, es ist schön, dich zu sehen, und toll, wieder am Zug zu sein«, sagte Tyler. »Außerdem ist es besser als die Landschaftspflege, die sie mich in den letzten Monaten machen ließen.«

»Planst du immer noch, den Mechaniker-kurs zu machen?«, fragte Jack.

»Ich spare dafür, seit wir an Weihnachten darüber gesprochen haben. Sollte bis September genug haben.«

»Gut für dich, Tyler.« Jack klopfte dem jüngeren Mann auf den Rücken. »Ein Mann muss dem nachjagen, was er im Leben will.« Oder wem er will.

Jack dachte an seine Begegnung mit Sylvia zurück. Ihr Haar war eine Masse von langen blonden Locken, so anders als Emmas dunkelroten Bob, und sie trug gewöhnliche Kleidung, nicht die hochmodischen Outfits, die Emma in den zwei Jahren vor ihrem Weggang getragen hatte.

Jack versuchte, sich auf das zu konzentrieren, was Tyler sagte. Warum verglich er überhaupt die beiden Frauen?

Emma war gegangen. Einfach so.

Und Sylvia? Schmerz war da, in ihren Worten und Ausdrücken. Vielleicht war sie wie er, auf der Suche nach dem fehlenden Teil, das schon zu lange fehlte.

»Ich habe das Beste vergessen«, sagte Tyler und holte Jack aus seinen Gedanken zurück. »Ich habe mit dem Chef gesprochen, und er sagt, es könnte einen Job bei der Stadt geben, wenn ich fertig bin.«

»Das sind großartige Neuigkeiten.« Jack freute sich für seinen jungen Freund. »Jetzt lass uns diesen Motor ölen und für den Sommer startklar machen.«

»In Ordnung!« Tyler rieb sich die Hände und ging zu der Stelle, wo Jack bereits die Werkzeuge ausgelegt hatte. Sie begannen, die Arbeit zu planen, die getan werden musste.

# KAPITEL 2

Jack ging nach Hause, froh darüber, einen guten Arbeitstag hinter sich gebracht zu haben. Als er durch die Gartenanlagen lief, sah er die kleine schwarze Katze, die tief am Boden kauerte und einen Rotkehlchen beobachtete. Der Vogel stolzierte über den Rasen und hielt alle paar Schritte an, um am Boden zu picken. Jack blieb stehen, um zu beobachten, wie die Katze auf den Vogel zuschlich, mit dem Bauch dicht am Boden, Ohren nach vorne gerichtet, konzentriert. Jack hielt

den Atem an, als die Katze ihr Tempo
erhöhte und sprang, schüttelte dann aber
den Kopf, als sie genau an der Stelle landete, wo der Vogel gerade noch gewesen
war.

»Schade«, sagte er, als sie sich aufrichtete
und zum Baum schaute, wo das Rotkehlchen nun saß. Die Katze drehte sich um
und lief in Richtung Bahnhof. Hoffentlich
würde sie heute Abend eine Maus finden.
Nach dem langen Winter sah sie mager aus.

Jack schaute sich auf der Lichtung um,
insgeheim hoffend, dass noch jemand anderes den misslungenen Angriff beobachtet hatte – eine Frau mit blonden
Locken, jemand, mit dem er seine Gedanken teilen könnte. Die Lichtung war
leer, abgesehen von dem Rotkehlchen,
das zurück auf den Boden geflattert war,
um seine Suche nach Würmern fortzuset-
zen. Jack schob den Gedanken beiseite.
Vielleicht würde er Sylvia nie wiederse-

hen, und es war sinnlos, weiter an sie zu denken.

Er setzte seinen Heimweg fort, und als er sich dem kleinen Bungalow näherte, in dem er fast dreißig Jahre gelebt hatte, konnte er bereits den Rinderbraten riechen, den Cassie versprochen hatte zuzubereiten, um seinen ersten Tag zurück bei der Arbeit zu feiern.

»Hallo, Papa«, sagte Cassie, als er durch die Küchentür eintrat. »Das Essen ist gleich fertig.«

»Danke, Schätzchen.« Er lächelte, während er an ihr vorbei ins Badezimmer ging, um sich die Hände zu waschen und seine Arbeitskleidung zu wechseln. Er hörte zu, wie sie sich in der Küche bewegte. Sie war gut gelaunt. Vielleicht konnten sie heute eine schöne Mahlzeit ohne das ganze Drama genießen.

Jack setzte sich zu ihr an den Tisch, als sie Teller voller Essen auf geblümte

Tischsets stellte, die er seit Ewigkeiten nicht mehr gesehen hatte. Emma hatte sie vor vier Jahren auf Hawaii gekauft, als sie ihren dreißigsten Hochzeitstag gefeiert hatten. Er hasste diese Tischsets und schwor sich im Stillen, die Dinger zu entsorgen.

»Wie war dein Tag?«

»Wir haben einiges geschafft. Tyler hilft wieder mit.« Sollte er sie dasselbe fragen? Was soll's. »Wie war dein Vorstellungsgespräch?«

»Gut, glaube ich.« Cassie sah ihm nicht in die Augen. »Ich bin mir aber nicht sicher, ob ich diesen Job überhaupt will.«

»Was für einen Job möchtest du denn?« Als ob er es nicht schon wüsste. Warum konnte er nicht einfach den Mund halten? Er wusste, dass diese Unterhaltung nicht gut enden würde, und er hatte sich gerade noch gewünscht, dass es kein Drama geben würde.

»Sie haben die Stellen für die Kinder-Sommercamps ausgeschrieben. Wenn ich das zusammen mit den Fitnesskursen mache, die ich unterrichte, gibt mir das mehr Erfahrung, bevor...« Cassie holte tief Luft, und Jack wappnete sich. »Papa, ich habe die Universität kontaktiert und ihr mitgeteilt, dass ich im September zurückkomme.«

»Verstehe.« Jacks Herz sank. »Also hast du dir das immer noch in den Kopf gesetzt.«

»Was hast du denn erwartet?« Cassie schaute ihn an, als hätte er zwei Köpfe. »Ich muss irgendwann eine Karriere beginnen. Ich kann nicht einfach nur für dich sorgen. Ich bin zweiundzwanzig Jahre alt.«

Jack atmete tief ein und zählte im Stillen bis zehn, bevor er wieder sprach. »Du musst nicht auf mich aufpassen. Ich bin kein Kind.«

»Nein, aber du hattest einen Herzinfarkt.« Ihre Stimme wurde sanfter. »Und ich weiß, dass das ständig in deinem Hinterkopf ist.« Jack konnte das nicht leugnen. Obwohl er vor Tyler den Mutigen spielte und so tat, als wäre Cassie überfürsorglich, hatte er Angst vor dem, was passieren würde, wenn sie wegging.

»Gibt es keine Möglichkeit, dass du hier fertig studierst?«

»Papa, wir haben das tausendmal durchgekaut. Ich muss nach Kelowna zurückziehen, um meine Kurse abzuschließen, sonst dauert es ewig. Ich habe nur noch ein Jahr, und wenn ich nicht im September gehe, muss ich eine Menge Kurse wiederholen.«

»Das sagst du, aber wir wissen beide, dass du gehst und nie wiederkommst.«Jacks Stimme wurde lauter, und er schämte sich bereits dafür, wohin das führen würde.

»Können wir einfach zu Abend essen?« Cassie wedelte mit der Hand zwischen ihnen hin und her. »Lass uns einfach essen.«

»Du wärst wahrscheinlich froh, mich in ein Heim zu stecken«, murmelte Jack.

»Jetzt wirst du lächerlich.« Sie sägte ein Stück Rinderbraten ab, steckte es in den Mund und kaute.

Abgesehen vom Geräusch des Bestecks, das über Porzellan kratzte, aßen sie den Rest ihrer Mahlzeit schweigend. Als sie fertig waren, sammelte Cassie die Teller ein und räumte auf.

»Ich bin später zurück. Ich gehe laufen.«

Jack nickte, als er ins Wohnzimmer ging und sich in seinen Sessel setzte. Er nahm die Fernbedienung und schaltete zu den Nachrichten, wo er Bilder des vertrauten Gesichts des Nachrichtensprechers sah, den er seit Jahrzehnten angeschaut hatte, während die junge Frau, die jetzt auf seinem Stuhl saß, über die lange Karriere des Sprechers sprach.

»Er wird vermisst werden, während er in ein neues Kapitel seines Lebens aufbricht.«

»Von wegen vermisst«, brummte Jack. »In einer Woche ist er vergessen.«

Er schaute sich im vertrauten Raum um, die Wände fühlten sich zu nah, zu einengend an.

Nichts in diesem Haus war mehr gemütlich, seit Emma gegangen war. Was einst ein Zufluchtsort gewesen war, fühlte sich jetzt wie ein Gefängnis an.

Die Regale in der Nähe enthielten Fotoalben voller Erinnerungen, die er nicht mehr wollte – Erinnerungen an ein Leben, das er mit der Frau geteilt hatte, die ihm das Herz gebrochen hatte.

»Ich gehe spazieren«, sagte er zum leeren Raum.

Draußen in der frischen Luft grübelte Jack darüber nach, was er mit Cassie tun sollte. Er war nicht bereit für ihren Weggang, aber er fühlte sich wie ein Fiesling, wenn er versuchte, sie zum Bleiben zu überreden. Er hatte sie nicht dazu erzogen, seine Krankenschwester zu sein, aber er war sich nicht sicher, was er allein tun würde. Das Haus war zu viel Arbeit für ihn. Verdammte Emma. Wie konnte sie sie so verlassen? Er spürte immer noch den Schlag in den Magen, als wäre es gestern gewesen.

Nur sechs Monate nach dem Herzinfarkt, der ihn zur Frühpensionierung gezwungen hatte, war er nach Hause gekommen, aufgeregt, weil er einen neuen Teilzeitjob bei den Zügen im Park bekommen hatte.

Emma war da, angezogen zum Ausgehen, mit einem neuen Mantel und einem neuen

Haarschnitt und einer neuen Farbe. Sie war ins Fitnessstudio gegangen und trug Kleidung, die sie um Jahre jünger erscheinen ließ. Er war stolz auf diese neue, strahlende Emma, und sein Herz schwoll an bei dem Gedanken, dass diese schöne Kreatur seine war. Dann sah er die beiden Koffer, die er für eine Europareise gekauft hatte. Sie hatten die Reise monatelang geplant, aber jetzt standen die Koffer neben der Tür.

»Jack. Du bist früh zu Hause.« Sie schaute an ihm vorbei zur geschlossenen Tür, mit einem Stirnrunzeln im Gesicht.

»Was ist los?« Sein Herz begann zu pochen.

»Wir haben darüber gesprochen.« Sie ging an ihm vorbei, um aus dem Fenster zu schauen, und prüfte ihre Uhr.

»Wovon redest du?« Aber er wusste, hatte seit einiger Zeit gewusst, dass die Dinge zwischen ihnen nicht gut standen.

»Ich habe dir einen Brief hinterlassen.« Sie deutete auf den Umschlag, der auf dem Kaminsims lag. »Aber da du hier bist, sage ich es dir persönlich.« Sie holte tief Luft und sah ihm direkt in die Augen. »Ich verlasse dich. Mir wurde vor ein paar Monaten klar, noch bevor du krank wurdest, dass ich mit dir im Ruhestand nicht glücklich sein würde.«

Jack wurde schwindelig. »Was sagst du da? Wir planen unseren Ruhestand seit Jahren. Du wolltest im Museum ehrenamtlich arbeiten, Golf spielen, vielleicht ein oder zwei Reisen machen. Wir hatten unser Leben geplant. Zusammen.«

»Nein, Jack. Wir haben das schon oft besprochen. Du weißt, dass ich mehr will als Golf und einen lokalen Freiwilligenjob. Ich muss meine Flügel ausbreiten, sehen, wie weit ich fliegen kann. Wir haben uns auseinandergelebt, und es tut mir leid, aber ich muss das tun.« Sie schüttelte den Kopf über ihn in... war das *Mitleid*?

»Du hast es nicht einmal bemerkt, oder?«

»Was bemerkt?« Er wollte gerade mehr sagen, als das Hupen eines Autos ihn unterbrach.

»Ich muss gehen. Lorenzo ist hier.«

»Lorenzo Baldonado? Dein Chef?«

»Ja. Schau nicht so überrascht. Du musst gewusst haben, dass ich schon lange nicht mehr in diese Ehe investiert bin. Und jetzt, wo Cassie auf dem College ist... Ich kann nicht so weitermachen, so tun, als wäre da etwas zwischen uns. Lorenzo hat mich gebeten, für ein paar Monate mit ihm nach Spanien zu kommen, und ich habe ja gesagt.«

»Du hast eine Affäre mit Lorenzo?« Er griff nach der Rückenlehne eines nahestehenden Stuhls und stützte sich ab. Verdammt, er würde nicht vor ihr zusammenbrechen, aber es war schwer, aufrecht zu bleiben, während der Boden unter ihm schwankte.

Emma sah ihn einige Momente an und sprach dann langsam und bedacht, als würde sie mit einem Kind sprechen – oder noch schlimmer, mit einem gebrechlichen alten Mann.

»Sei nicht schwierig. Wenn du darüber nachdenkst, wirst du erkennen, dass es das Beste ist. Wir haben nichts mehr gemeinsam, jetzt wo Cassie erwachsen ist und weg.«

»Wie lange schon?« Wie konnte er das nicht gewusst haben? Und warum war er nicht in der Lage, etwas anderes zu tun, als Fragen zu stellen?

Sie bewegte sich jetzt zur Tür, öffnete sie und stellte die Koffer nach draußen auf die Veranda. »Ich komme gleich«, rief sie und drehte sich zu ihm um. »Ein paar Jahre.«

»Ein paar Jahre?« Da war er wieder mit einer weiteren Frage.

»Ich muss gehen. Alles andere steht in dem Brief.«

»Was hast du Cassie erzählt?«

»Ich habe sie angerufen und ihr gesagt, dass wir uns auseinandergelebt haben – dass wir beide sie lieben, aber dass wir einander nicht mehr lieben.«

»Wie hat sie es aufgenommen?« Seine kleine Tochter war endlich zur Schule zurückgekehrt, nachdem sie nach seinem Herzinfarkt ein Semester verpasst hatte. Jetzt würde sie wieder in die emotionale Suppe geworfen werden, und nichts, was er tun könnte, würde das aufhalten.

»Sie klang überrascht, aber sie wird es überstehen. Es ist ja nicht so, als würde sie ihre Mutter noch brauchen. Ich habe ihr gesagt, dass ich ihr ein Ticket schicken werde, sobald wir uns eingerichtet haben, damit sie uns besuchen kommen kann. Lorenzo freut sich darauf, ihr Spanien zu zeigen.«

»Du weißt, wie sehr sie sich auf dich verlässt – auf uns. Sie wird am Boden zerstört sein.«

»Versuch nicht, mir ein schlechtes Gewissen zu machen. Cassie ist kein Kind mehr. Sie wird darüber hinwegkommen.« Sie wandte sich zur Tür, hielt einen Moment inne und ließ den Blick durch den Raum schweifen.»Ich weiß nicht, ob dir das hilft, alles zu verstehen oder nicht, aber ich betrachte dies als eine vollendete Ehe, nicht als eine gescheiterte.«

Er stand da und starrte sie an, mit offenem Mund. Keine weiteren Fragen. Keine weiteren Worte. Kein weiterer Laut.

»Auf Wiedersehen, Jack. Ich wünsche dir ein gutes Leben.« Und dann war sie weg. Er fiel auf das Sofa, starrte auf die geschlossene Tür, und ohne bewussten Gedanken brach ein Laut der Qual aus seiner Kehle hervor, hallte im Raum wider und hielt an, bis er vor Erschöpfung zusammenbrach.

In den folgenden Monaten entdeckte er, dass Emma ihre Flucht schon länger geplant hatte. Sie hatte ihre Sparkonten geräumt und einige ihrer Vermögenswerte verkauft, wobei sie ihm das Haus, seine Rente, Cassies Bildungskonto und ein kleines Konto hinterließ, auf dem er heimlich für ein Geschenk für Emma gespart hatte: ironischerweise ein dreimonatiger Urlaub in Spanien. Der Brief hatte ihre Pläne im Detail dargelegt, einschließlich ihrer Annahme, dass er das Haus verkaufen würde, was der Hälfte ihres Vermögens entsprach.

Jack schüttelte den Kopf, um die Erinnerungen zu vertreiben, und fand sich in der Gegenwart wieder, wo ihn seine Schritte in den Park geführt hatten.

Als er durch die Gartenanlagen spazierte, atmete er die Frühlingsluft ein und begann sich zu entspannen. Er hatte diesen Ort schon immer geliebt und wünschte, er hätte jemanden, mit dem er ihn teilen könnte. Emma hatte in einer Sache recht gehabt. Sie hatten nicht mehr viel gemeinsam.

Er konnte sich nicht an das letzte Mal erinnern, als Emma in den Gärten spazieren gegangen war. Sie zog es vor, in der Mall, auf den Straßen der Stadt oder auf dem Laufband im Fitnessstudio zu laufen. Selbst als sie Hawaii besuchten, lehnte sie die Möglichkeit ab, in einer Farngrotte zu spazieren, um die Akaka-Wasserfälle zu sehen, und verpasste den Duft frischer Hibiskusblüten, um sich lieber am Pool des Hotels zu sonnen.

Als er an der Bank vorbeikam, wo er zuletzt die Katze gesehen hatte, war er leicht enttäuscht, Sylvia nicht zu sehen, die sich die Zeit genommen hatte, die wilde Katze aus dem Schatten zu locken. Etwas an ihr blieb ihm im Gedächtnis. Vielleicht würde er sie morgen sehen. Für jetzt musste er nach Hause gehen und nachsehen, ob mit Cassie alles in Ordnung war. Sie würde bald von ihrem Lauf zurück sein.

# KAPITEL 3

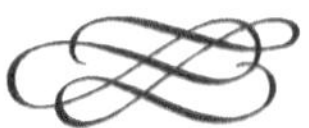

Am nächsten Morgen lag Sylvia im Bett. Ihr rechtes Bein schmerzte, und sie fühlte sich elend. Die Sonne lugte durch die Lamellen der Jalousie und forderte sie auf, nach draußen zu kommen und zu spielen.

*Zeit aufzustehen*, sagte die strenge Stimme ihrer Mutter. Ihre Mutter hatte immer weitergemacht, obwohl sie ihr erstes Kind, ihr Zuhause, fünf Geschwister und zwei Ehemänner verloren hatte. Sie hatte nie die seltenen, aber schweren Depressionsschübe ihrer ältesten Tochter verstanden.

»Reiß dich zusammen«, pflegte ihre Mutter zu sagen.

Sylvia wollte das nicht.

*Das ist die Depression, die aus dir spricht. Du musst aufstehen, sonst wird die Katze wieder hungern.*

Sylvia stand auf. Sie bewegte ihre Beine zur Bettkante, widerwillig, die Wärme der Decken zu verlassen.

*Beweg dich!*

»Ja, ja«, murmelte sie, zwang sich aufzustehen, sich anzuziehen und ein gesundes Frühstück zu sich zu nehmen. Sie wählte einen wärmeren Mantel als den, den sie am Vortag getragen hatte, und durchstöberte ihren Schrank, bis sie ein gutes Paar Wanderschuhe fand.

Sie hatte diese Schuhe seit drei Jahren nicht mehr getragen – nicht seit sie aus ihrem früheren Leben gerissen wurde, als jemand über eine rote Ampel raste und in ihr Auto krachte. Sie und Mark, der gefahren war, wurden in die Notaufnahme gebracht.

Sylvia war in der strengen, sterilen Umgebung der Intensivstation aufgewacht und versuchte, ihren Aufenthaltsort zu identifizieren, fühlte nichts als den Nebel und den extremen Durst, der nach einer Vollnarkose auftrat. Sie spürte Schmerzen in ihrem rechten Bein. Es war an drei Stellen gebrochen und erforderte eine Operation und einen Ganzbein-Gips. Mark war da und wartete darauf, dass sie aufwachte. Er war mit nur ein paar Schrammen und einem dumpfen, anhaltenden Schmerz im Rücken davongekommen, etwas, das er gelegentlich schon vor dem Unfall gespürt hatte.

Sie heilte schnell und hatte keine Nachwirkungen, abgesehen von einer grässlichen Narbe. *Besser ein vernarbtes Bein als gar kein Bein*, hätte ihre pragmatische Mutter gesagt. *Reiß dich zusammen.*

»Wenn ich das nur könnte«, sagte Sylvia laut.

Der einfache Gesang einer Drossel riss Sylvia aus ihren Gedanken, und sie konzentrierte sich auf den Pfad, den sie am Vortag gegangen war.Sie atmete den sanften Duft der Kirschblüten ein und lächelte. Als sie an der Bank ankam, wo sie die Katze bemerkt hatte, setzte sie sich und beugte sich vor, um die Büsche abzusuchen, und strengte sich an, Anzeichen von Bewegung zu sehen oder zu hören. Sylvia saß da, beobachtete und wartete, und zog dann eine Dose Katzenfutter und eine kleine Blechschale aus einer Tasche. Sie öffnete die Dose und leerte den Inhalt in die Schale, stellte das Futter direkt unter die tiefhängenden Äste der Büsche.

Sie kehrte zur Bank zurück, ihre Gedanken schweiften ab. Sie und Mark waren dankbar für ihre knappe Rettung gewesen.

»Ich hätte dich verlieren können«, hatte er ihr zugeflüstert, als er neben dem Krankenhausbett saß und ihre Hand hielt.

»Ich bin nicht so leicht loszuwerden«, antwortete sie, »du wirst nicht darum herumkommen, mich nach Frankreich zu bringen.«

Er grinste. »Willst du von den Katakomben hören? Ich habe eine Tour gefunden, die uns für nur ein paar Euro dorthin bringt.«

»Solange du etwas Fröhliches findest, um den Tag zu beenden«, sagte sie. »Sie haben dort Millionen von Menschen begraben.«

Seine Augen funkelten schelmisch, und er presste ihre Hand zwischen seine beiden. »Wir könnten danach nach Normandie fahren. Um die Schlachtfelder zu sehen.«

Sie schüttelte den Kopf.

»Ernsthaft, ich habe mir die Shows als Option angesehen. Das Moulin Rouge?«

»Das klingt wunderbar«, hatte sie gesagt, bevor sie wieder einschlief.

Als sie aus dem Krankenhaus nach Hause kam, planten sie weiter. Sie sollten nur kurze sechsunddreißig Monate arbeiten, bevor sie in Rente gingen und eine einjährige Reise nach Europa, Asien und Südamerika antraten. Sie hatten begonnen, ihr Haus zu verkleinern, verkauften ihre größeren Besitztümer, verschenkten alte Kleidung, Bücher und Gadgets mit vergessenem Zweck und machten Platz für ihr neues Leben.

Sylvia erschauderte, als sie sich erinnerte, was als Nächstes kam.

Es war der 18. August, als die Arztpraxis anrief, um zu sagen, dass es dringend sei, dass Mark für seine Testergebnisse komme. Mark kam nach dem Mittagessen von der Arbeit nach Hause, und sie begleitete ihn zum Arzt. »Du bist besser mit Details«, hatte er gesagt, aber sie wusste, dass er besorgt war. Der Schmerz war schlimmer geworden.

Keiner von ihnen kehrte zur Arbeit zurück. Ihre Tage wurden zu einem Wirbel von Besuchen in Laboren für weitere Tests, bei Ärzten für Zweitmeinungen und schließlich beim Onkologen, der die düstere Prognose von Krebs bestätigte.

*Komm schon, reiß dich zusammen,* drängte die Zuchtmeisterin.

»Ja, ich weiß, das Leben ist für die Lebenden«, sagte Sylvia. Sie saß noch ein paar Minuten länger da, beobachtete die Blätter und wartete auf ein Anzeichen von Bewegung. Enttäuscht ging sie durch die

Gärten und den Pfad entlang zur ovalen Laufbahn. Dort lehnte sie sich an einen Maschendrahtzaun und beobachtete, wie Menschen um die Bahn schlenderten. Einige von ihnen hatte sie am Tag zuvor gesehen. Sie sammelte Mut, ging durch das Tor, trat auf den äußeren Ring der Bahn und begann zu gehen, wobei sie diejenigen anlächelte, die in die andere Richtung gingen. Als sie das ganze Oval umrundet hatte, ging sie zurück zu der Stelle, wo sie die kleine Schale zurückgelassen hatte. Das Futter war weg. Sie seufzte glücklich.

»Hallo nochmal.« Jack trat hinter Sylvia auf den Pfad und erschreckte sie. Er nickte in Richtung der leeren Schale. »Sieht aus, als würden Sie Fortschritte mit der Katze machen.«

»Es wird noch eine Weile dauern«, antwortete sie und drehte sich kurz um, um ihn anzusehen, bevor sie ihre Aufmerksamkeit wieder auf den Busch richtete. »Aber ich habe Geduld.«

Er blickte auf ihre Hände, die auf ihrem Rücken verschränkt waren. Keine Ringe. Komisch, er hatte seit Jahren nicht mehr versucht, den Familienstand einer Frau zu bestimmen, nicht seit bevor er Emma kennengelernt hatte. Nachdem Emma gegangen war, vermied er es, auf Frauen zuzugehen. Die jungen jagten ihm mit ihrer Energie und ihren Ideen eine Heidenangst ein. Die älteren machten ihm auch Angst. Sie waren noch komplizierter mit ihrem vergangenen Leben und ihren Beziehungen.

Er beobachtete Sylvia jetzt, wie sie unter die Blätter spähte. »Die Katze hat Glück, dass Sie sie füttern.«

»Ich habe Glück, dass sie meine Hilfe braucht«, sagte Sylvia. »In den letzten Jahren hatte ich kaum einen Grund, mich nach draußen zu wagen.«

»Waren Sie krank?«, fragte er und gab sich innerlich einen Tritt. War er zu aufdringlich?

»Mein Mann ist gestorben.« Sie sah immer noch auf die Büsche, drehte aber den Kopf, um ihn anzusehen. »Es fällt mir schwer, wieder anzufangen. Ich weiß nicht wirklich, wo ich beginnen soll.« Ihre himmelblauen Augen füllten sich mit Tränen.

»Es tut mir leid für Ihren Verlust«, sagte er schroff.

»Danke«, antwortete sie und schaute wieder in Richtung Busch. »Ich weiß, dass die Leute denken, ich sollte längst darüber hinweg sein. In gewisser Weise scheint es, als wäre er schon ewig weg. In anderer Hinsicht, nun, es scheint wie gestern.«

»Jeder muss in seinem eigenen Tempo trauern.« Jack zitierte die vielen Menschen, die ihm das gesagt hatten, als er seine Eltern verloren hatte.

»Ich nehme an, das stimmt.« Sie drehte sich wieder um, um ihn anzusehen. War das Dankbarkeit in ihrem geröteten Gesicht? »Ich... ich sollte besser nach Hause gehen«, stotterte sie.

Er wollte nicht, dass sie ging, und suchte nach einem Grund, um sie ein wenig länger verweilen zu lassen.

»Hören Sie, die Bahn wird in ein paar Wochen für die Frühjahrssaison bereit sein. Möchten Sie der erste Fahrgast sein?«

Sie nickte zögernd. »Das würde ich gerne.«

»Wenn Sie mich hier am Montag in zwei Wochen gegen zehn Uhr morgens treffen, hole ich Sie ab.«

»Okay«, sagte sie. »Ich werde hier sein.« Sie drehte sich um und begann wegzugehen, hielt dann inne und drehte sich zurück. »D-d-danke.«

Er sah ihr nach und dachte über das nach, was er gerade getan hatte. Zählte eine Zugfahrt als Date? Vielleicht. Sie sah aus, als bräuchte sie einen Freund, und er war freundlich. Er war nicht wirklich an einer Frau interessiert, die Angst vor ihrem eigenen Schatten zu haben schien. Er stand noch etwas länger da und sah ihr nach, bemerkte, wie ihre Hüften schwangen.

»Was ist mit ihr?«, fragte er niemand Bestimmten.

»Miau«, kam die Antwort, und er drehte sich um, um die kleine Katze zu sehen, die unter den Blättern nicht weit von der leeren Schale saß. Sie leckte ihre Pfote und wusch ihr Gesicht, zufrieden nach ihrer Mahlzeit.

»Nun, es scheint, als wäre jemand mit mir einer Meinung«, sagte Jack zu der Katze.

Sylvia ging schnell von Jack weg. Hatte sie gerade ein Date angenommen? Nein, er war einfach nur freundlich. Wie diese Male, wenn Leute sagen: »Lass uns mal Mittag essen.« Er würde es bis nächsten Montag wahrscheinlich vergessen haben. Aber was, wenn er es nicht vergaß?

Nun, dann müsste sie eben eine Zugfahrt machen. Wo wäre da der Schaden? Was macht es schon, dass sie eine erwachsene Frau war? Sie sagte sich, sie solle sich entspannen und jeden Tag einzeln neh-men. Wenn er an diesem Montag um zehn da war, dann war er da. Wenn nicht, keine harten Gefühle. In der Zwischenzeit würde sie weiterhin die Katze füttern.

Sie hoffte, dass er da sein würde. Er hatte freundliche Augen.

»Es ist definitiv ein Date«, verkündete Sylvias Schwester Alice, als Sylvia anrief, um ihr von ihrem Tag zu erzählen. »Was wirst du anziehen?«

»So weit habe ich noch nicht gedacht. Wer weiß, ob er sich überhaupt erinnern wird?«

»Ich finde, du solltest dieses blaue T-Shirt tragen. Das, das wir letzten Herbst gekauft haben. Das, das deine Augen strahlen lässt.«

»Es ist nur eine Zugfahrt.«

»Und geh raus und kauf einen guten BH.

Einen, der die Mädels gut zur Geltung bringt.«

»Alice!«

»Sag nicht ›Alice‹ zu mir. Du weißt, dass ich recht habe. Es ist nicht so, als würden dir geeignete Männer vom Himmel fallen. Oh, und stell sicher, dass du ein paar Kondome bekommst. Es ist nicht wie damals, als wir jung waren. Heute gibt es viel mehr Krankheiten da draußen.«

»Was würdest du schon wissen? Du bist seit einer Ewigkeit verheiratet.«

»Ich habe Freunde. Ich höre Geschichten. Jedenfalls, denk darüber nach, dir ein bisschen Mühe zu geben. Vielleicht lass dir die Haare machen. Wann hast du dir das letzte Mal Zeit genommen, um dich zu verwöhnen?«

»Ich werde darüber nachdenken. Und... Alice? Danke.«

»Jederzeit, Syl. Ich rede in ein paar Tagen mit dir. Ich bin froh zu hören, dass du wieder ausgehst. Ich habe mir Sorgen um dich gemacht.«

Als sie auflegte, verzog Sylvia das Gesicht. Typisch für ihre Schwester, aus einer Kleinigkeit eine große Sache zu machen. Sie nahm das Telefon wieder auf und wählte Elaines Nummer. Sie hatte seit Wochen nichts von ihrer Stieftochter gehört. Tatsächlich rief Elaine kaum noch an. Sie hatte öfter angerufen, als sie anfing, Auftritte zu bekommen und professionell zu singen, um ihre Erfolge und ihre Misserfolge zu teilen. Sie hatte jetzt einen festen Job, sang in einer Band, die auf Tournee ging und in Veranstaltungsorten in Vancouver und manchmal Toronto oder Montreal auftrat.

Elaine lebte und liebte ihr Leben, und Sylvia war stolz auf sie, obwohl sie es vermisste, von ihr zu hören. Zurzeit spielte sie in Toronto, und wegen der

Zeitverschiebung war es schwieriger, in Kontakt zu bleiben.

Vielleicht, dachte sie, wollte Elaine nicht mehr von Sylvia hören. Elaine war einmal sehr eng mit ihr gewesen, bevor Mark starb. Bevor ihre Mutter wieder in ihr Leben trat. *Ach, geh weg*, antwortete die Zuchtmeisterin. Und sie hatte recht. Es gab keinen Grund, voreilige Schlüsse zu ziehen. Elaine war wahrscheinlich nur beschäftigt...

Der Anruf ging auf die Mailbox, und Sylvia hinterließ eine kurze Nachricht. »Ich denke gerade an dich und wollte sehen, wie es dir geht.«

Sie zwang sich, Gedanken an Elaine aus ihrem Kopf zu verdrängen, und ging in ihr Büro, um sich im Depressions-Chatroom einzuloggen, aber bald fand sie sich beim Surfen im Internet wieder und las Kundenbewertungen von nahegelegenen Friseursalons. Eine Stunde später vereinbarte sie einen Termin für einen Schnitt und eine Färbung in der folgenden Woche. Alice hatte recht. Obwohl sie es nicht direkt gesagt hatte, wusste Sylvia, dass sie sich in den letzten Jahren hatte gehen lassen. Es war Zeit, etwas für ihr Aussehen zu tun, sich wieder um sich selbst zu kümmern.

Sylvia reiste in den nächsten Tagen in den Park, brachte Katzenfutter mit und leerte es auf die kleine Blechschale. Jeden Tag bewegte sie die Schale näher und näher zur Bank, und jeden Tag war die Schale leer, wenn sie vom Umrunden der ovalen Bahn zurückkam. Ihre Ausdauer nahm zu, und sie ging jetzt fünfmal um das Oval und freute sich auf ihre neue Routine.

Am Sonntag bemerkte sie ein gefaltetes Stück Papier unter der Blechschale. Es war wahrscheinlich von Jack. Er sagte wohl ihre Zugfahrt ab, vermutete sie. Sie hatte sich darauf gefreut. Sie schaute sich um, ob jemand zusah, öffnete das Papier und las die Worte, die in perfekter Handschrift geschrieben waren.

*Hallo, ich bemerke, dass Sie die Katze jeden Tag füttern. Ich habe gerade meine Katze nach vielen Jahren verloren und habe Katzenfutter, das ich gerne spenden würde. Könnte ich mich mit Ihnen treffen und Ihnen das Futter geben?*

Sylvia schaute nach links und rechts, sah aber niemanden, der zusah. Vorsichtig faltete sie das Papier wieder zusammen und steckte es in ihre Tasche.

Sie öffnete eine Dose Katzenfutter und leerte sie auf die Schale, stellte die Schale etwas hinter die Bank. Sie setzte sich wieder und überlegte, wie sie auf diese unerwartete Korrespondenz antworten sollte. Sie zog einen Stift und einen kleinen Notizblock aus ihrer Tasche – sie hatte sie seit Marks erster Erkrankung bei sich getragen, um Anweisungen, medizinische Begriffe und To-do-Listen aufzuschreiben.

Sie begann zu schreiben.

*Es tut mir leid, dass Sie Ihre Katze verloren haben. Ich weiß, wie schwierig es ist, diejenigen zu verlieren, die einem wichtig sind. Ich denke, diese Katze würde das Futter, das Sie haben, gerne annehmen. Möchten Sie die Fütterung teilen?*

Sie hielt einen Moment inne und fügte, tief durchatmend, ihre Handynummer am Ende der Notiz hinzu. Sie faltete den Zettel schnell, ging zur Schale, schob ihn darunter und ging weg. Sie blickte nur lange genug zurück, um zu bemerken, dass die Katze aus ihrem Versteck gekrochen war und den Inhalt des Tellers verschlang.

Sylvia stieg kurz darauf in den Bus, erinnerte sich daran zu atmen, damit die Angst nicht in ihr Gehirn kroch und ihr

Herzrasen wieder begann. Was hatte sie sich dabei gedacht, ihre Telefonnummer auf einem Zettel mitten im Park zu hinterlassen? Was, wenn der Schreiber ein Axtmörder war? Oder... Oder was?

Der Psychologe, den sie nach Marks Tod aufgesucht hatte, hatte ihr von ANTs erzählt: Automatischen Negativen Gedanken. Sie musste sie töten, indem sie ihre Gültigkeit in Frage stellte. Vielleicht war es nicht besonders klug gewesen, Kontaktinformationen für einen Fremden zu hinterlassen, aber wirklich, was war das Risiko? Sie hatte ihre Handynummer gegeben. Ihre Festnetznummer, nicht ihr Handy, war diejenige, die mit ihrer Adresse verbunden war. Sie könnte die Nummer ändern, wenn etwas passieren sollte. Außerdem, wie viele Axtmörder hatten eine perfekte Handschrift?

Sie nahm sich ein paar Momente Zeit, um tief durchzuatmen und die Situation zu durchdenken. Höchstwahrscheinlich versuchte die Person nur zu helfen und altes Katzenfutter loszuwerden. Sie konnte den Notizautoren genauso gut beim Wort nehmen. Sie begann sich zu entspannen, und die Angst, die sich bis zu ihrer Brust ausgebreitet hatte, ließ nach. *Denk positive. Lass keine negativen Gedanken zu. Es ist nur die Depression, die wieder spricht.* Während sie den sich streitenden Stimmen in ihrem Kopf zuhörte, war sie froh, dass niemand sie hören konnte, sonst würden sie wissen, dass sie verrückt wurde.

Sylvia schaute aus dem Fenster und beobachtete die vorbeiziehenden Gebäude. Die Entfernung zu ihrem Viertel war relativ kurz, nur etwa drei oder vier Kilometer. Vielleicht sollte sie versuchen, morgen zum Park zu laufen. Oder mit dem Fahrrad zu fahren. Konnte sie Fahrrad fahren? Sie hatte ihr Fahrrad verkauft, nachdem sie Mark geheiratet hatte. Er zog es vor, zu joggen oder zu schwimmen.

Zehn Jahre war eine lange Zeit, aber es wieder aufzunehmen, sollte, nun ja, sein wie Fahrradfahren.

Ein paar Stunden später klingelte ihr Handy, und sie griff danach, in der Erwartung, dass es Alice oder Elaine sein würde. Stattdessen sagte eine dünne Stimme am Ende des Telefons: »Ich rufe wegen der Katze an.«

»Oh, Sie sind die Person, die die Notiz hinterlassen hat.«

»Mein Name ist Isabella. Ich würde gerne die Fütterung der Katze teilen, aber ich gehe heutzutage nur früh raus.«

Sylvia sprach lange genug mit Isabella, um einen Zeitpunkt für ein Treffen am nächsten Tag festzulegen. »Ich werde Ihnen die Routine zeigen, damit wir das Vertrauen der Katze weiter aufbauen können«, sagte sie. »Und ich würde gerne Ihre Ideen hören. Ich habe noch nie eine wilde Katze gezähmt.«

Sie gab sich am nächsten Morgen Mühe beim Fertigmachen. Sie bändigte ihre Locken und trug etwas Make-up auf, rieb es zweimal ab, bevor sie es richtig hinbekam. Es war so lange her, seit sie Rouge oder Wimperntusche aufgetragen hatte, sie war ganz ungeschickt.

Sie betrachtete ihr Spiegelbild. Sie sah gut aus, und sie hoffte, dass der Besuch im Salon ihr Selbstvertrauen weiter verbessern würde. Ihre Angst hatte sich den ganzen Morgen zurückgehalten. Sie würde eine Frau wegen der Katze treffen, und dann würde sie zum Salon gehen. Normale Dinge für einen normalen Tag. Nichts, worüber man ängstlich oder besorgt sein müsste.

Eine kleine ältere Frau saß auf der Bank, als Sylvia ankam.

»Isabella?«

Die Frau drehte sich zu ihr um, und Sylvia erkannte, dass sie sich geirrt hatte.

Diese Frau war etwa in Sylvias Alter. Sie strahlte und stand auf, um Sylvias Hand zu schütteln.

»Ich freue mich, dass Sie auf meinen Zettel geantwortet haben. Ich fühlte mich ziemlich albern, aber meine Tochter sagte mir, ich hätte nichts zu verlieren, dass ich die Hand ausstrecken oder für immer drinnen festsitzen müsste. Mein Mann ist kürzlich gestorben.« Ihr Gesicht errötete. »Aber das müssen Sie nicht wissen. Warum erzählen Sie mir nicht stattdessen von der Katze? Hat sie einen Namen?«

»Angel. Ich habe die Katze Angel genannt. Und ich weiß, wie schwer es ist, neu anzufangen, wenn man jemanden verliert, den man liebt. Ich habe meinen Mann vor zwei Jahren verloren, und seitdem hat sich das Leben leer angefühlt. Aber dann bin ich zufällig auf Angel gestoßen.«

Isabella lächelte. »Sie verstehen es. Danke, dass Sie das sagen.« Sie griff in ihre Tasche und zog eine Dose Katzenfutter heraus.

»Oh, sie scheint diese Marke wirklich zu mögen. Wie wunderbar«, sagte Sylvia, als sie die Dose sah. Sie zeigte Isabella die Routine, die begonnen hatte, das Vertrauen der Katze aufzubauen. »Ich hoffe, dass sie mir bis zum Sommer genug vertraut, um mich sie zum Tierarzt bringen zu lassen und sicherzustellen, dass sie ihre Impfungen hat und kastriert ist. Ich würde sie gerne in die Wohnung holen, bevor der Winter kommt.«

»Bewundernswerte Ziele«, sagte Isabella. »Ich helfe gerne.« Und damit nahm sie die kleine Schale und füllte sie mit Katzenfutter, stellte sie hinter die Bank, ein bisschen näher als dort, wo sie am Tag zuvor gewesen war. »Kommen Sie jeden Tag nur in den Park, um die Katze zu füttern?«

»Als ich vor ein paar Wochen zum ersten Mal hierher kam, war es, um etwas frische Luft zu schnappen. Und ja, ich nehme an, ich kam auch, um Angel zu füttern. Aber jetzt halte ich an der Bahn hinter den Bäumen an und gehe ein bisschen, bevor ich wieder nach Hause gehe.«

»Ich wusste nicht, dass es eine Bahn gibt.« Isabella grinste. »Ich war früher Läuferin. Bevor. Nun, bevor mein Mann getötet wurde. Würde es Ihnen etwas ausmachen, mir zu zeigen, wo sie ist?«

Sylvia führte den Weg quer durch den Park, und die beiden Frauen gingen gemeinsam mehrere Runden.

»Ich wollte schon immer den Boston-Marathon laufen«, sagte Isabella. »Ich bin seit Jahren nicht mehr gelaufen.«

»Es ist lange her, seit ich überhaupt in Betracht gezogen habe, was ich tun möchte«, sagte Sylvia. »Ich wollte immer mehr reisen. Mein Traum war es, nach

Italien auf eine kulinarische Tour zu gehen, und einmal, als ich viel jünger war, dachte ich, es könnte Spaß machen, mit dem Fahrrad um eine der Gulf Islands zu fahren.«

»Was hält dich davon ab? Es muss doch Gruppen von Menschen geben, die zusammen Fahrradtouren machen.«

»Ich muss erst wieder Fahrradfahren lernen.« Sylvia lachte. »Es ist eine Ewigkeit her, seit ich auch nur auf einem stationären Fahrrad gefahren bin. Außerdem muss ich mich mit Angel anfreunden.«

»Danke, dass Sie mich teilhaben lassen«, sagte Isabella. »Es ist lange her, seit jemand oder etwas von mir abhängig war. Es ist gut, einen Grund zu haben, morgens aufzustehen.«

Sie verabschiedeten sich, und Sylvia fühlte sich leichter, als sie sich seit Monaten gefühlt hatte. *Ich habe vielleicht gerade eine Freundin gefunden.*

Sie kämpfte gegen die üblichen negativen Gedanken und warf einen Blick auf ihre Uhr. Sie müsste rennen, um den Bus zu erwischen. Sie wollte nicht zu spät zu ihrem Termin im Salon kommen.

Als Sylvia ein paar Stunden später vom Friseurstuhl aufstand, fuhr sie mit den Fingern durch die Locken ihres neuen Bobs. Das Grau war verschwunden, und ihr Kopf fühlte sich leicht an, als sei mit ihren langen Strähnen ein Gewicht von ihr genommen worden. Sie starrte einen langen Moment in den Spiegel und konnte kaum glauben, dass es ihre eigene Reflexion war, die zurückblickte.

»Du hast mein Aussehen komplett verändert«, sagte sie zu der jungen Frau, die ihr die Haare geschnitten hatte. »Ich sehe aus wie die alte Ich.« *Das Ich vor Marks Erkrankung. Das Ich vor...*

Im Hinterkopf fragte sie sich, ob es überhaupt eine Rolle spielte, wie sie aussah, da es wahrscheinlich sowieso niemand bemerken würde. Aber sie schloss ihre Augen und schüttelte die Erinnerungen ab.

*Hör nicht auf die Depression*, sagte ihre starke Stimme. *Lass sie heute nicht gewinnen.*

Sie fuhr sich noch einmal durch die Haare. Sie sah toll aus, und sie hatte begonnen, eine neue Freundschaft zu schließen. Heute war ein guter Tag. Sie klebte sich ein Lächeln ins Gesicht und ging nach Hause.

Sie würde auf dem Weg im Supermarkt anhalten, um frisches Gemüse zu kaufen, ihr Lieblingskochbuch herausholen und sich ein schönes Abendessen zubereiten. Auch wenn sie allein war, verdiente sie eine gute Mahlzeit.

Jack brummte vor sich hin, während er nach Hause lief und sein Magen knurrte. Cassie hatte drei Abende zuvor angekündigt, dass sie im Sommer mit den Kindern in Tagescamps arbeiten würde. Sie fuhr für eine Woche zu einem Planungsretreat.

»Ich werde fünf Nächte weg sein, Papa. Wenn du mich brauchst, kannst du im Büro anrufen. Die werden mir die Nachricht übermitteln.«

Er hatte nicht viel dazu zu sagen und teilte ihr mit, dass er schon klarkommen würde. Aber er war spät aufgewacht und hatte vergessen, sein Mittagessen am Vorabend vorzubereiten. Dann hatte er seine

Brieftasche auf dem Nachttisch liegen lassen und Tyler hatte sich krank gemeldet. Er hatte geplant, sich ein paar Dollar von seinem jungen Freund zu leihen. Sein Magen knurrte und erinnerte ihn daran, dass er den Tag völlig falsch kalkuliert hatte.

Zu Hause angekommen, ging er direkt zum Kühlschrank, um nach etwas Essbarem zu wühlen. Er hatte nichts gegen Kochen, aber selten die Gelegenheit dazu. Emma hatte sein Kochen gehasst, und seit Cassie zurückgekommen war, hatte sie diese Aufgabe übernommen. *Verdammt.* Der Kühlschrank war fast leer. Emma hätte ihn nie so zurückgelassen, aber Emma war weg, und Cassie war auch fort.

»Argh!« Er ging in sein Schlafzimmer, zog seinen Overall aus, schnappte sich seine Brieftasche und machte sich auf den Weg. Er musste einkaufen gehen.

Jack steuerte den Einkaufswagen zum Rand des Supermarkts und erinnerte sich an das, was die Ernährungsberaterin ihm gesagt hatte. Er sollte sich an die Ränder des Geschäfts halten, wo die frischen Lebensmittel und Molkereiprodukte zu finden waren, und die mittleren Gänge mit den verarbeiteten Lebensmitteln meiden. Er legte eine Auswahl bunten Gemüses in den Wagen und ging in Richtung der Fleischabteilung.

Als er um die Ecke bog, streifte sein Wagen einen anderen.

»Entschuldigung«, sagte er und blickte auf, um strahlend blaue Augen zu sehen, die ihn anstarrten. Sein Herz setzte einen Schlag aus. »Ich habe nicht aufgepasst, wohin ich fahre.«

Sylvia hielt inne und starrte ihn an, bevor sie ihre Stimme zu finden schien. »Jack! Wie geht es dir?«

»Hungrig, wenn du es wissen willst.« Er antwortete, ohne nachzudenken. »Meine Tochter – ich meine *ich* – habe vergessen, diese Woche einkaufen zu gehen.«

Sie schaute in seinen Wagen und lächelte ihn an. »Es sieht aus, als hättest du eine gute Auswahl. Was kochst du denn?«

»Ich habe keine blasse Ahnung. Ich bin kein besonders guter Koch.«

»Nun, mit dem, was in deinem Korb liegt, gibt es allerlei Möglichkeiten«, sagte sie. »Du musst nur im Internet nach Rezepten suchen, die zu deinen Zutaten passen.«

»Ich kann nicht behaupten, dass ich das je getan hätte. Jemand muss mir das mal zeigen.«

»Ich kann es dir zeigen. Ich-ich-ich meine... wenn du ein paar Minuten Zeit hast, könnten wir in ein Café gehen, und ich kann es dir auf meinem Handy zeigen. Die meisten Cafés haben WLAN.«

»Wie wäre es mit einer besseren Idee? Wie wäre es, wenn ich dich zum Abendessen einlade? Es gibt ein kleines griechisches Restaurant hier in der Nähe, das sehr gut sein soll.«

»Oh... ich bin nicht wirklich passend angezogen, um in ein Restaurant zu gehen.«

Sie schaute an ihren Jeans und ihrem T-Shirt herunter, und seine Augen folgten ihren. Sie sah für ihn absolut in Ordnung aus, und er sagte ihr das auch.

»Ich wollte nach Hause gehen und Abendessen kochen.«

»Natürlich, daran habe ich nicht gedacht. Du hast sicher jemanden zu Hause, für den du kochen musst.«

»Nein, nein. Darum geht es nicht. Ich meine, nein, ich habe niemanden, der wartet. Ich wollte nur für mich selbst kochen.«

»Würdest du mit mir zu Abend essen?«, fragte er. »Dann kannst du mir zeigen, wie man Rezepte findet, und ich bin auf morgen Abend vorbereitet.« Gefühle huschten über ihr Gesicht. Er liebte es, ihr beim Entscheiden zuzusehen.

»Nun... Ja, ich würde sehr gerne mit dir zu Abend essen.« Sie wirkte erleichtert, die Entscheidung getroffen zu haben. »Aber zuerst muss ich meine Einkäufe bezahlen.«

»Großartig!«, sagte Jack, ein wenig lauter als beabsichtigt. »Ich treffe dich dann vor dem Geschäft in, sagen wir, fünfzehn Minuten?«

Er schob seinen Wagen zur Fleischabteilung, wählte etwas mageres Fleisch aus und machte einen Umweg, um einen kleinen Tulpenstrauß mitzunehmen. Sylvia schien die Art von Frau zu sein, die Blumen zu schätzen wüsste.

Als er seinen Wagen nach draußen schob, fand er sie an der Ecke, wo sie zu einem Baum hochschaute.

»Er ist ein freches Kerlchen«, sagte sie und zeigte auf ein graues Eichhörnchen hoch in den Ästen über ihrem Kopf. »Er ärgert die Vögel.« Sie lächelte breit, und Jack ertappte sich dabei, wie er kicherte und ihre Freude teilte. Emma hätte das Eichhörnchen nie bemerkt. Sie hetzte durchs Leben mit Vollgas.

Er hielt einen Moment länger inne und beobachtete Sylvia. Sie war wunderschön. Wie hatte er das nicht bemerkt, als sie sich zum ersten Mal getroffen hatten?

»Du hast deine Haare geschnitten.«

Sie hob ihre Hand zu ihrem Kopf. »Ja, ich beschloss, dass ich eine Veränderung brauchte.«

»Es gefällt mir.«

»Danke.« Sie errötete, und er war erfreut. Es war lange her, dass eine Frau in seiner Gegenwart errötet war.

»Sollen wir zum Restaurant gehen?«

Er führte sie zu seinem Auto und öffnete die Beifahrertür für sie, bevor er ihre Einkäufe in die Kühltaschen lud, auf die Cassie bestand, dass sie im Kofferraum aufbewahrt wurden. Als er sich auf den Fahrersitz gleiten ließ, langte er hinüber, um ihr die Tulpen zu überreichen, die er gekauft hatte.

»Ich dachte, sie könnten dir gefallen«, sagte er, wobei er sich ein wenig schüchtern fühlte.

Sylvia brachte den Strauß näher an ihr Gesicht, um den Duft einzuatmen. »Tulpen sind eine meiner Lieblingsblumen«, erzählte sie ihm. »Sie kommen in so vielen Farben und erhellen die Welt, wenn der Winter vorbei ist.«

»Warst du schon mal beim Tulpenfestival im Bundesstaat Washington?«

»Nein, aber einmal, vor langer Zeit, war ich bei dem in Agassiz. Da waren ganze Felder voller Blumen. Es war atemberaubend. Und du?«

»Leider bin ich nicht so viel gereist, wie ich gerne würde, abgesehen von gelegentlichen Dienstreisen.«

»Wohin würdest du am liebsten reisen?«, fragte sie.

»Nach Frankreich, glaube ich. Ich wollte schon immer Paris sehen.«

»Mark und ich hatten geplant, dieses Jahr dorthin zu gehen, aber, naja...«

»Du könntest immer noch gehen«, sagte er. Zwar glaubte er nicht, dass er selbst jemals nach Spanien reisen würde. Nicht, nachdem Emma es ruiniert hatte.

»Ich vermute, das könnte ich. Aber wohin ich wirklich reisen möchte, ist Italien. Mit all den Filmen über die Toskana und den Aufnahmen der Weinberge denke ich, es muss ein wundervoller Ort zum Besuch sein. All das erstaunliche Essen. Ich würde liebend gern eine kulinarische Tour machen.«

»Für heute Abend müssen wir uns mit griechischem Essen begnügen.« Er fuhr auf den Parkplatz des Restaurants.

»Perfekt«, sagte sie. »Ich bin ausgehungert.«

Und ihm wurde klar, dass er ihre Gesellschaft so sehr genossen hatte, dass er seinen Hunger vergessen hatte.

Sie verweilten beim Abendessen und tauschten Geschichten aus. Er erzählte ihr von seinem Job bei der Bank, seiner neuen Arbeit mit den Zügen und wie er Tyler als Mentor zur Seite stand. Sie erzählte ihm von ihrem Leben als Lehrerin, bevor sie die Arbeit endgültig aufgegeben hatte. Sie sprachen über ihre Familien, ihre Kindheit. Sie erzählte ihm von Elaine und Alice, und er erzählte ihr von seiner Tochter.

»Cassie klingt wie ein wunderbares Mädchen.«

»Sie ist meine größte Freude.«

»Und was würde sie gerne beruflich machen?«

»Sie will Lehrerin werden«, antwortete er. »Tatsächlich hat sie nur noch ein Jahr Studium vor sich.«

»Du musst stolz sein.«

Und in diesem Moment war er es. Er war stolz auf seine Tochter und wollte wirklich, dass sie ihren Lehrgrad bekam. In Sylvias Gegenwart fühlte er, dass dies eine echte Möglichkeit war. Sie ließ ihn sich weniger einsam fühlen. Weniger bedürftig. Er fühlte sich zum ersten Mal seit sehr langer Zeit wie sein altes Selbst.

Der Kellner begann ungeduldig zu wirken, als sie den Abend mit Gesprächen in die Länge zogen. »Darf ich Ihnen noch etwas bringen?«, sagte er schließlich. »Wir schließen gleich.«

»Oh.« Sylvia schaute aus dem Fenster auf den verdunkelten Garten vor dem Restaurant. »Ich glaube, die Nacht ist schon lange nicht mehr so schnell vergangen.« Sie griff nach ihrer Handtasche.

»Bitte«, sagte Jack und legte seine Hand auf ihren Arm. »Lass mich das Abendessen bezahlen.«

Sie schaute ihm in die Augen und lächelte. »In Ordnung, solange du mir erlaubst, eines Tages bald für dich zu kochen. Ich bin wirklich eine gute Köchin.«

Er fuhr sie zu ihrem Haus und hielt einen Moment inne, bevor er aus dem Auto stieg, um ihre Tür zu öffnen. Sie stand bereits auf dem Gehweg, hielt die Tulpen und war bereit, ihre Einkäufe zu holen.

»Nochmals danke für das Abendessen«, sagte sie. »Ich hatte eine schöne Zeit.«

»Danke, dass du mich begleitet hast – und für deine charmante Gesellschaft.«

Sie errötete wieder, und er war erfreut. Erfreut, dass er der Grund für ihre Verlegenheit war. Er schnappte sich ihre zweite Einkaufstasche und bot an, sie hineinzutragen.

»Es ist okay – ich schaffe das«, sagte sie. »Wir sehen uns nächsten Montag?«

»Zehn Uhr.« Er beobachtete, wie sie zu ihrem kleinen Haus ging, in ihre Tasche nach ihrem Schlüssel griff und sich hineinließ.

Er konnte es kaum erwarten bis zur nächsten Woche.

Sylvia hörte das Piepen des Anrufbeantworters, sobald sie hereinkam. Alice hatte mehr als einmal angerufen, während sie unterwegs war, und der dritte Anruf war erst dreißig Minuten zuvor gewesen. Ihre Schwester klang eindeutig besorgt, also wählte Sylvia ihre Nummer.

»Hi, Alice. Tut mir leid, dass ich so spät anrufe.«

»Gott sei Dank! Ich war besorgt. Wo warst du?«

»Nun, ich war auf einem Date mit Jack.«

»Jack? Der Jack vom Zug? Ich dachte, du fährst nächste Woche mit dem Zug.«

»Ich bin ihm im Supermarkt begegnet. Es

war eine spontane Sache. Jedenfalls hat er mich zum Abendessen ausgeführt.«

»Iiiiih!« Alice quietschte, was Sylvia an ihre Kindheit erinnerte. »Erzähl. Sag mir alles.«

Es klopfte an der Tür. Sylvia runzelte die Stirn und schlich zum Fenster, um durch die Jalousien zu spähen. Jack stand auf der Veranda, ihre Handtasche in seiner Hand.

»Hör zu, es wird spät. Ich rufe dich morgen an, okay? Ich wollte dich nur wissen lassen, dass ich sicher nach Hause gekommen bin.«

»Alles klar, aber ich will Details!«

Sylvia legte auf und ging zur Haustür.

»Hi«, sagte er. »Du hast deine Handtasche vergessen, und ich habe mich erinnert... Nun, ich habe vergessen, deine Telefon- nummer zu bekommen.«

»Hi«, erwiderte sie und grinste ihn an, als wäre sie ein Teenager mit einem Schwarm. *Sei nicht so ein Dummkopf, Sylvia. Er ist bloß nett.*

Sie befahl ihrem deprimierten Gehirn, den Mund zu halten und zu verschwinden. Sie würde nicht zulassen, dass es ihr den Abend verdarb.

»Danke, dass du sie zurückgebracht hast«, sagte sie. »Ich weiß nicht, was ich getan hätte, wenn ich bemerkt hätte, dass sie fehlt.«

Er schaute ihr in die Augen und wartete schweigend. Ihr Herz pochte.

»Möchtest du reinkommen auf einen Kaffee oder Tee?«, sagte sie, um die Stille zu brechen.

Er trat über die Schwelle, bevor sie ihre Meinung ändern konnte, stellte ihre Handtasche auf einen Stuhl neben der Tür und nahm dann ihr Gesicht in seine Hände.Er beugte sich vor und flüsterte: »Und ich habe vergessen, dir eine gute Nacht zu wünschen. Darf ich?« Sie nickte leicht, bevor seine Lippen auf ihre trafen, zuerst fragend und dann kraftvoller, als ihre Hände über seine Brust zu seinem Nacken wanderten.

Seine Hände verließen ihr Gesicht und glitten ihren Rücken hinunter, zogen sie näher, als er seinen Kuss vertiefte. Einen langen Moment später lösten sie sich voneinander. »Das war sogar besser, als ich mir vorgestellt hatte«, sagte er, und sie spürte, wie die Hitze einer Röte in ihren Nacken und ihre Wangen stieg. »Bevor ich gehe, wie wäre es mit dieser Telefonnummer? Ich würde dich wirklich gerne später anrufen können.«

Sie lachte über den ernsten Ausdruck auf seinem Gesicht, und ein kleines Kribbeln lief ihr über den Rücken. Sie hatte vergessen, wie es war, von einem Mann begehrt zu werden.

*Nicht dich begehrt er. Seine Frau hat ihn verlassen. Er ist wahrscheinlich nur einsam.* Ihre depressiven Gedanken drangen in ihr Glücksgefühl ein.

»Lass mich einen Stift und Papier holen«, sagte sie und führte ihn zur Küche. Während sie ihren Namen und ihre Nummer auf einen Notizblock neben dem Telefon schrieb, beobachtete sie, wie er den Raum musterte.

»Du hast nicht gescherzt, was das Kochen angeht, oder?«

»Nee. Ich liebe es, neue Rezepte auszuprobieren. Als ich meinen Job aufgab, glaube ich, vermissten meine Kollegen meine Potluck-Gerichte mehr als mich. Hier bitte. Meine Nummer.«

Er nahm das Papier aus ihrer Hand und zog sie dann für einen zweiten Kuss nahe zu sich. »Ich verzichte auf den Kaffee, wenn das okay ist. Ich muss morgen zur Arbeit, und Koffein hält mich wach.«

»Ein andermal dann.« Sie machte sich eine geistige Notiz, entkoffeinierten Kaffee zu besorgen. Sie schloss die Tür hinter ihm, umarmte sich selbst und tanzte dann in die Küche, um ihre Einkäufe wegzuräumen – und ihre Blumen ins Wasser zu stellen.

# KAPITEL 5

Am nächsten Tag war Sylvia auf dem Weg vom Park nach Hause, als ihr ein Canadian Tire Geschäft auffiel, und spontan stieg sie an der nächsten Haltestelle aus. Sie wollte nachsehen, ob es dort Fahrräder im Angebot gab. Sie hatte etwas Versicherungsgeld und hatte ihr Auto nach dem Unfall nie ersetzt, weil sie nicht mehr den Mut aufbrachte, sich hinters Steuer zu setzen.

Mit federndem Schritt betrat Sylvia den Laden und überflog die Schilder über den

Gängen. Da sie die Fahrräder nicht sah, ging sie zum Saisongang, und da standen sie in leuchtendem Rot, hellem Blau und metallischem Grün. Welches sollte sie nehmen? Überhaupt eins? Wie viel sollte ein Fahrrad kosten? Sollte sie Preise vergleichen? Vielleicht konnte sie gar nicht mehr fahren. Warum war sie überhaupt aus dem Bus ausgestiegen? Würde es regnen, bevor sie nach Hause kam?

Sie erkannte schnell, dass die Auswahl geringer war als erwartet. Einige waren für Kinder, andere für Erwachsene. Sie betrachtete die vier Modelle, die ihrer Größe am nächsten kamen, und entschied sich für das puderblaue am Ende. Sie zog das Fahrrad nach vorne, schwang sich darauf und klappte den Ständer hoch. Sie benutzte ihre Füße, um das Fahrrad den Gang entlang zu schieben, und hielt dann an, um das Preisschild zu betrachten. Fünfzig Prozent reduziert. Sie stieg vom Rad, ging den

Gang hinunter und fand einen passenden Helm. Seit Jahren hatte sie sich keine farblich passenden Accessoires mehr gegönnt. Dann fand sie einen Korb für das Fahrrad. Ihr gefiel die Vorstellung, ein Rad wie Angela Lansbury in der alten Fernsehserie *Murder, She Wrote* zu haben – eines, mit dem sie durch die Gassen fahren konnte, während sie ihre Einkäufe im kleinen Korb vorne transportierte.

»Kann ich Ihnen helfen?«, fragte ein Mann hinter ihr. Erschrocken zuckte Sylvia zusammen und drehte sich nach einem beruhigenden Atemzug um. Ein junger Mann in Uniform des Geschäfts lächelte sie erwartungsvoll an.

»Ja«, sagte sie. »Könnten Sie mir bitte sagen, wie dieser Korb an diesem Fahrrad befestigt wird?«

»Darf ich?«, sagte er und nahm ihr den Korb ab. Er drehte ihn in seinen Händen und befestigte ihn mühelos an der Vorderseite des Fahrrads.

»Ganz einfach«, sagte er und zeigte ihr den Mechanismus, mit dem sie den Korb in Sekundenschnelle an- und abmontieren konnte.

»Tatsächlich«, sagte sie lächelnd. »Ich nehme ihn.«

Er nickte und begann, den Korb abzunehmen.

»Oh nein«, sagte sie. »Ich nehme alles.« Sie legte den Helm in den Korb und schob das Fahrrad in Richtung Kasse.

Vor dem Laden blickte sie in die Schaufensterscheibe, nahm sich Zeit, den Helm aufzusetzen und die Passform zu prüfen. Ihr neu gefundener Mut drohte sie zu verlassen, als sie die Frau im Spiegel des Glases betrachtete. Die Verpackung des Helms im Geschäft zu entsorgen, war eine voreilige Entscheidung, die sie zu bereuen begann, während sie an den Riemen herumfummelte. Was hatte sie sich nur dabei gedacht? Sie würde nie wieder so gut Fahrrad fahren können wie mit dreißig.

Keine ANTs mehr, erinnerte sie sich selbst – und dann, mit einem entschlossenen Blick auf ihr Spiegelbild, das ihr zuzustimmen schien, packte sie den Lenker, schwang sich aufs Rad und klappte den Ständer hoch. Sie würde es hier auf dem ruhigen Parkplatz versuchen, abseits von unerwarteten Autos und neugierigen Blicken. Vorsichtig stieß sie sich mit dem linken Fuß ab. Anfangs noch wackelig, begann sie zu treten und lächelte, als der Wind ihr Gesicht streifte, während sie ohne Zwischenfall über den Parkplatz navigierte. Sie betätigte langsam die Bremsen am Lenker und brachte das Fahrrad vor dem Schaufenster zum Stehen.

Könnte sie nach Hause fahren? Die Nebenstraßen zwischen dem Geschäft und ihrem Haus waren nicht sehr belebt. Was sollte sie sonst tun? Sie wollte nicht herausfinden müssen, wie man ein Fahrrad vorne am Bus befestigt. Sie nahm all ihren Mut zusammen und trat in die Pedale in Richtung ihres Zuhauses.

Dort angekommen, schaltete sie ihren Computer ein, um ihre E-Mails zu überprüfen – die einzigen Nachrichten kamen aus dem Trauer-Chatroom. Sie antwortete auf einige. Eine Frau, mit der sie oft korrespondierte, war besorgt über Sylvias Ausflüge gewesen. »Was, wenn dir etwas zustößt?«

Sylvia lächelte, als sie antwortete. »Etwas ist passiert. Ich hatte ein Date und habe mir ein Fahrrad gekauft.« Dann meldete sie sich vom Computer ab, machte sich eine Tasse Tee und setzte sich hin, um ein Buch zu lesen.

# KAPITEL 6

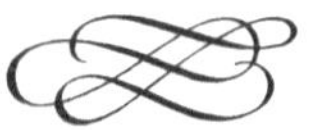

Sylvia zog sich am nächsten Tag sorgfältig an, um in den Park zu gehen, und fragte sich – hoffte –, dass sie Jack begegnen könnte. Sie würde mit dem Fahrrad fahren. Sie hatte seit ihrem Gespräch mit Isabella viel über das Radfahren nachgedacht und hoffte, dass ein Ziel sie mehr motivieren würde. Wenn Isabella mit über sechzig für den Boston-Marathon trainieren konnte, gab es keinen Grund, warum sie nicht auch für ein Event trainieren könnte. Sie surfte im Internet und beschloss, dass ihre erste Radtour im Spätherbst zu einer der Gulf Islands führen würde. Welche genau, würde sie später entscheiden, aber in der Zwischenzeit würde sie täglich etwa eine Stunde radeln, um ihre Ausdauer zu verbessern.

Sie fuhr eine halbe Stunde lang auf einem der Radwege im Park, bevor sie einen Mann mit vertrautem Gang in Overall und Schaffnermütze einholte. Jetzt, wo er vor ihr war, verlangsamte sie ihr Tempo etwas und wartete, bis die Angst in ihrer Brust nachließ.

»Er ist nur ein Mann«, flüsterte sie zu sich selbst. Ein netter Mann. Und ein toller Küsser. *Er hat kein Interesse an dir. Er ist nur einsam.*

Vielleicht hatte er sich anfangs nur die Zeit genommen, mit einer Fremden über das Schicksal einer kleinen Katze zu sprechen. Aber dieser Kuss? Da steckte Verlangen dahinter.

Sie trat etwas kräftiger in die Pedale und plante, ihm wie zufällig zu begegnen. Er näherte sich jetzt dem Parkplatz und klopfte auf seine Hosentasche – wahrscheinlich suchte er nach seinen Schlüsseln. Er würde bald weg sein, und sie würde ihre Chance verpassen.

Als sie an Geschwindigkeit zulegte – gerade genug, um lässig zu wirken und nicht, als würde sie dem Mann hinterherjagen – blieb er abrupt stehen und drehte sich auf dem Absatz zu ihr um.

»Jack!«, rief sie und bremste scharf. »Ahhh!« Es gelang ihr, ihm und einer jungen Frau mit Kinderwagen auszuweichen, bevor sie die Kontrolle verlor und auf dem gepflasterten Radweg stürzte. Sie blieb einen Moment liegen, der Aufprall hatte ihr die Luft aus den Lungen gepresst.

»Sylvia?«, fragte er, als er zu ihr eilte. »Geht es dir gut?«

Sie versuchte, sich vom Fahrrad zu befreien, und zuckte zusammen, als Schmerz durch ihr rechtes Bein schoss. »Ich bin mir nicht sicher. Mein Bein. Ich glaube, es ist gebrochen.«

Die Frau mit dem Kinderwagen war stehen geblieben, um zu sehen, was passiert war, und bot an, den Krankenwagen zu rufen. Sylvia lehnte sich zurück und war dankbar, dass jemand da war, um zu helfen, fühlte sich aber gleichzeitig dumm, weil sie zu schnell gefahren war.

»Kannst du dich bewegen?«, fragte Jack, während er sich neben sie kniete.

»Nein. Es tut mir leid, du hast bestimmt andere Dinge zu tun.«

»Mach dir keine Sorgen um mich«, sagte er. »Es ist nicht jeden Tag, dass mir eine schöne Frau buchstäblich zu Füßen fällt.«

Sie blickte in sein Gesicht und lächelte trotz ihrer Schmerzen. »Ich wette, das sagst du allen Frauen, die im Park mit dem Fahrrad stürzen.« Flirtete sie? Gott, sie lag völlig hilflos am Boden, und sie flirtete.

Er lachte. »Bisher ist das nur einmal passiert.« Er setzte sich neben sie, redete mit ihr und ließ seine Hände sanft über ihre Arme und Beine gleiten, um zu sehen, woher der Schmerz kam. Als er an ihr rechtes Bein kam, quietschte sie. »Ja, es sieht aus, als wäre dieses Bein der Übeltäter. Ich überlasse das lieber den Profis. Hörst du die Sirene? Halte durch. Der Krankenwagen sollte jeden Moment hier sein.« Wie auf Stichwort fuhr der Sanitätswagen auf den Parkplatz, und zwei uniformierte Sanitäter sprangen heraus und eilten zu ihr.

»Danke, dass du bei mir geblieben bist«, sagte sie zu Jack.

»Kein Problem«, antwortete er. »Hör zu, wenn du irgendetwas brauchst, ruf mich an.« Er wühlte in seiner Tasche und zog einen kleinen Notizblock und einen Stift heraus. »Und wenn es für dich in Ordnung ist, würde ich gerne anrufen und nach dir sehen.«

Sie nickte schwach. »Das würde mir gefallen«, sagte sie, und er steckte den Zettel mit seiner Nummer in ihre Jackentasche.

»Ruf inzwischen an, wenn du irgendetwas brauchst. Ich meine *irgendetwas*.« Er wartete, bis die Sanitäter sie vom Fahrrad trennten und auf die Trage legten. »Ich bewahre das in der Station auf, bis du wieder fahren kannst.« Er klopfte auf das Fahrrad.

Sie wünschte sich, dass die Sanitäter sich schneller bewegen und sie rasch in den Krankenwagen bringen würden. Sie wollte vor Jack nicht zusammenbrechen.

Schließlich öffneten sie die Hintertür des Krankenwagens, schoben ihre Trage hinein und schlossen die Tür vor den Schaulustigen, die sich versammelt hatten. Das letzte Gesicht, das sie sah, war Jacks, mit Sorge auf der Stirn, als er ihr einen kleinen Wink gab.

In den nächsten zwölf Stunden erlebte Sylvia ein starkes Déjà-vu-Gefühl, als sie in die Notaufnahme gebracht, für die Operation vorbereitet wurde und in der Aufwachstation erwachte, bevor sie in ein Bett auf der Akutstation verlegt wurde. Der Unterschied war, dass sie diesmal allein war. Mark war nicht da, um sie zu begrüßen, als sie aufwachte.

»Guten Morgen, Frau Tremblay«, trällerte eine Krankenschwester.»Wie fühlen wir uns heute?«

Sylvia blickte zu der Frau auf, die kaum mehr als ein Mädchen war, und machte stillschweigend eine Bestandsaufnahme, wie es ihr wirklich ging. »Mein Bein tut höllisch weh, aber ansonsten scheine ich noch ganz zu sein.«

»Der Arzt wird in der nächsten Stunde hier sein, um Ihre Akte mit Ihnen durchzugehen. Sie können nach dem Frühstück entlassen werden, und die Sozialarbeiterin wird mit Ihnen sprechen, um sicherzustellen, dass Sie häusliche Pflege bekommen. Nehmen Sie diese Medikamente gegen die Schmerzen, und jemand bringt Ihnen in wenigen Minuten ein Tablett.«

»Darf ich mein Handy haben?«, fragte Sylvia, und die Krankenschwester kam ihrer Bitte nach, indem sie eine Plastiktüte vom Fußende des Bettes holte. Sie zog das Telefon aus der Tüte und schaltete es ein. Nichts geschah. Der Akku war leer. Wie sollte sie jetzt Isabella anrufen? Die arme Katze würde denken, sie hätte sie wieder im Stich gelassen.

Die Krankenschwester tätschelte ihre Hand und sagte ihr, sie solle sich keine Sorgen machen. Es gäbe Ersatzkabel am Schwesternzimmer, und sie würde eines mit dem Frühstück schicken. »Was wir jetzt tun müssen, ist, Sie aufzurichten und anzuziehen. Sie zur Toilette zu bringen. Glauben Sie, dass Sie Wasser lassen können?«

Sylvia sagte ihr, dass sie es versuchen würde, und wunderte sich, nicht zum ersten Mal, wie fixiert diejenigen im medizinischen Bereich auf Stuhlgang zu sein schienen. Sie mühte sich ab, ihr Gewicht zu verlagern und ihre Beine an den Rand des Bettes zu schwingen, nahm die angebotenen Krücken von der Krankenschwester und ging mit ihnen geschickt ohne Hilfe zur Toilette. »Leider habe ich viel Erfahrung mit diesen«, sagte sie der Schwester, die in der Nähe wartete. »Ich komme alleine zurecht.« Die Schwester wartete, bis Sylvia ins Badezimmer ging, und ging dann weg, zufrieden mit Sylvias Einschätzung ihrer Fähigkeiten.

»Ich komme alleine zurecht«, wiederholte Sylvia ihrem Spiegelbild im Badezimmer, während sie überlegte, was sie an Essen bestellen müsste und wie sie die Hausarbeit erledigen würde, während sie auf Krücken war. Es würde eine Herausforderung sein, besonders in den ersten paar Wochen, aber sie war sicher, dass sie es schaffen würde. Sie hatte Schlimmeres gemeistert.

Sie legte sich gerade wieder ins Bett, als das Küchenpersonal ihr Frühstück und das versprochene Handyladegerät brachte. Sie schloss das Telefon an und wartete darauf, dass es wieder zum Leben erwachte. Es gab fünf Nachrichten: zwei von Alice und drei von einer anderen Nummer, die sie nicht erkannte. Vor Alice wählte sie Isabellas Nummer und erzählte ihr, was passiert war.

»Ich füttere Angel gerne jeden Tag, bis es dir besser geht«, versicherte ihr Isabella, und sie gab zu, dass sie tatsächlich trainiert hatte und jetzt zehn Kilometer laufen konnte.

»Das ist wunderbar!«, sagte Sylvia, setzte sich zu schnell auf und zuckte zusammen, als ihr Bein protestierte. »Ich rufe in ein paar Tagen wieder an, um dir zu sagen, wann ich wieder im Park sein werde.«

Dann rief sie mit einem tiefen Seufzer Alice an.

»Es wird auch Zeit, dass du anrufst. Warst du wieder auf einem Date?« Alice klang verärgert, und Sylvia begann, sich defensiv zu fühlen. Warum behandelte Alice sie wie ein Kind?

»Eigentlich hatte ich einen Unfall.« Sie hörte Alice nach Luft schnappen. »Es geht mir gut. Ich bin vom Fahrrad gefallen und habe mir wieder das Bein gebrochen.«

»Was hast du denn in deinem Alter noch auf einem Fahrrad verloren?«

»Was soll das heißen? Ich bin nicht uralt und gebrechlich.«

»Oh, Sylvia, das weiß ich. Ich habe mir nur Sorgen gemacht, dass du wieder mit diesem Mann ausgegangen bist und dass er nicht so nett war, wie du dachtest.«

»Ich schätze es, dass du dir Sorgen um mich machst, aber ich bin eine erwachsene Frau.«

»Ich mache mir Sorgen. Du bist meine einzige Schwester.«

»Mir geht's gut.«

»Wie schlimm ist der Bruch?«

»Er ist ziemlich schlimm, aber diesmal nur an einer Stelle. Sie haben mich operiert und ein paar Platten eingesetzt. Ich bin im Krankenhaus und warte auf den Chirurgen.«

»Du kannst während deiner Genesung zu mir kommen. Ich hole dich ab.«

»Bemüh dich nicht. Es würde Stunden dauern, bis du hier bist, und es ist nicht nötig. Warte, bis ich mit dem Arzt gesprochen habe, okay?« Sylvia war überrascht über den Ärger, den sie fühlte. Alice war bevormundend, und zum ersten Mal seit langer Zeit erkannte Sylvia, dass sie die Fragen ihrer Schwester nicht beantworten oder ihrer Denkweise nachgeben wollte. Sie wollte auf keinen Fall zu Alices Haus gehen und wie eine Invalide bedient werden.

»Wenn du mich brauchst, ruf mich an. Ich habe etwas Urlaub, den ich nehmen kann.«

»Das werde ich«, versprach Sylvia und beendete den Anruf mit einem Stöhnen. Sie wusste, warum sie wütend war. Mark war nicht da, und sie wollte nicht von ihrer Schwester abhängig sein. Sie schloss die Augen bei der Erinnerung daran, wie sie ihn mehrere Monate gepflegt hatte, bevor sie seiner Bitte nachgab und ihn für eine 24-Stunden-Pflege ins Krankenhaus brachte.

Eines Morgens hatte sie seine Ex-Frau im Krankenzimmer gefunden, die mit ihm sprach, wie es nur jemand mit einer gemeinsamen Geschichte und einem Kind tun kann. Sie hatte sich gezwungen, ihr Tête-à-Tête zu unterbrechen, und fragte, wie lange ihre Wiedervereinigung schon zurückliege.

Mark sah sie entschuldigend an. »Wir stehen seit ein paar Jahren in Kontakt, seit unserem Unfall und meiner Diagnose«, sagte er, und Sylvias Knie wurden weich, sodass sie den Sitz auf der anderen Seite seines Krankenhausbettes nehmen musste.

»Warum hast du es mir nicht gesagt? Gab es etwas zu verbergen?«

»Nein. Nein«, sagte Dierdre. »Es ist nur, dass wir wissen, wie viel du schon um die Ohren hast, und ich habe versucht, Elaine mit ihrer Gesangskarriere zu helfen. Wir alle wissen, dass ich als Elternteil versagt habe.« Sie sah Mark an. »Und als Ehefrau.«

»Ist es in ihrem besten Interesse, in die Musik zu gehen?« Sylvia blickte zu Mark. »Das ist keine sehr stabile Karriere.«

»Deshalb habe ich Deirdre angerufen. Sie hat es im Geschäft geschafft.« Er wandte sich Deirdre zu und schloss Sylvia erneut aus. »Sie kann unserer Tochter Anleitung geben.«

*Ah.* Elaine war *ihre* Tochter. »Und ich bin nur der Ersatz, der sie in den letzten zehn Jahren großgezogen hat.« Sylvia starrte sie an, Angst überkam sie und machte sie schwindelig. Elaine war eine verlorene, wütende Seele gewesen, als Sylvia Mark heiratete und das Mädchen unter ihre Fittiche nahm. Deirdre hatte ihre Tochter im Stich gelassen, um ihre Karriere auf Tournee zu verfolgen. Jetzt war Sylvia diejenige, die verlassen werden sollte. Von Mark und von Elaine.

»So ist es nicht«, sagte Mark. »Ich liebe dich. Elaine liebt dich. Nachdem ich...« Seine Stimme brach. »Nachdem ich gegangen bin, wird Elaine dich mehr brauchen als je zuvor. Dich und Deirdre.«

Sylvia schaute von einem Elternteil zum anderen. Sie sah Elaines Züge in ihren Gesichtern – die kesse Nase ihrer Mutter, das langsame Lächeln ihres Vaters – und sie gab nach. Das Kind, das sie in ihr Herz geschlossen hatte, musste nicht wissen, wie verraten sie sich fühlte. Elaine brauchte nicht zu glauben, dass Sylvia ihre Träume nicht unterstützte. Sie betete nur, dass Deirdre zu ihrem Wort stand – dass sie über ihre Tochter wachen würde, während sie sich in dieses wankelmütige Geschäft wagte.

»Okay, ich werde das unterstützen«, sagte sie und wandte sich Deirdre zu, »aber du musst schwören, dort zu helfen, wo du kannst. Sie ist im Moment sehr verletzlich.«

»Danke.« Mark und Deidre atmeten erleichtert auf, und Sylvia verließ den Raum, um zu überlegen, wie sie mit dieser neuen Enthüllung leben sollte.

Einen Monat später stand sie an Marks Grab, Tränen liefen über ihr Gesicht, und sie verpflichtete sich erneut, Elaine in den folgenden Monaten zu helfen. Sie stand stark da und half Elaine, mit ihrem Leben voranzukommen, und erleichterte die Erneuerung der Beziehung ihrer Stieftochter zu Deirdre. Sylvia unterstützte Elaine, als sie ihre Band gründete, eine Agentin fand und anfing, auf nationaler Ebene zu spielen. Sie half Elaine, bis diese ohne Sylvias Unterstützung fliegen konnte. Erst dann war Sylvia in tiefe Trauer gefallen und von Depressionen verzehrt worden.

»Nun, hallo nochmal, Frau Tremblay.« Der Chirurg unterbrach ihre Träumerei. »Wie fühlen Sie sich?«

»Dumm, wenn du's genau wissen willst. Ich bin vom Fahrrad gefallen.«

Er lachte über ihre schlagfertige Antwort. »Die Operation ist gut verlaufen. Wir haben Platten eingesetzt, um den Knochen zusammenzuhalten, und er sollte recht bald heilen. Du solltest das Bein etwa vier Wochen lang schonen, und ich möchte, dass du nächste Woche zu einem Kontrolltermin kommst.« Sie hörte ihm zu, wie er über die Nachsorge sprach, über das Wechseln der Verbände und das Achten auf Infektionen. »Du kannst heute Morgen nach Hause gehen. Gibt es jemanden, den wir für dich anrufen sollen?«

»Nein. Ich habe mein Handy.« Wen könnte sie anrufen? Elaine war nicht da. Alice wohnte drei Stunden entfernt, und nach ihrem früheren Gespräch hatte Sylvia keine Lust, den ganzen Weg nach Kamloops gekarrt zu werden, nur damit ihre Schwester sie dafür ausschimpfen konnte, dass sie Fahrrad gefahren war. Vielleicht könnte Isabella sie abholen. Sylvia kannte Isabella nicht gut, aber sie schien jemand zu sein, der helfen würde.

In diesem Moment klingelte ihr Handy, und sie griff danach, wobei sie die gleiche unbekannte Nummer betrachtete, bevor sie den Anruf annahm.

»Sylvia.« Jacks Stimme am anderen Ende war wie Balsam für ihre wachsende Angst. Sie beantwortete ruhig seine besorgten Fragen zu ihrem Zustand. »Hast du jemanden, bei dem du bleiben kannst?« fragte er schließlich.

»Ich glaube nicht, dass ich das brauchen werde. Ich hatte schon mal ein gebrochenes Bein und bin ziemlich selbstständig.« Sie wusste nicht, ob sie versuchte, ihn oder sich selbst zu überzeugen.

»Warum bleibst du nicht die erste Woche bei mir?« Er machte eine Pause. »Ich meine, ich habe ein Gästezimmer im Erdgeschoss, wo meine Mutter früher übernachtet hat, wenn sie zu Besuch kam. Es wäre nur für eine Woche, bis du anfängst zu heilen.«

»Aber wir kennen uns kaum.«

»Das stimmt. Ich dachte wohl... oder habe nicht nachgedacht. Lass mich dich wenigstens nach Hause fahren.«

»In Ordnung. Das würde ich wirklich schätzen. Sie sagen, ich sollte in etwa zwei Stunden bereit sein, zu gehen.«

»Ich werde da sein«, sagte er, und sie seufzte erleichtert. Ein Problem gelöst.

Als Jack ankam, ging die Krankenschwester die Nachsorgeanweisungen durch. »Sie brauchen jemanden, der Sie nach Hause fährt und mindestens vierundzwanzig Stunden, vorzugsweise achtundvierzig Stunden bei Ihnen bleibt, bis Sie selbst zurechtkommen.«

»Das ist in Ordnung«, sagte Jack. »Ich werde mich um sie kümmern.«

»Aber Jack...«

»Wir werden das später besprechen, Sylvia. Lass uns jetzt erstmal nach Hause fahren.« Jack schob den Rollstuhl zum Krankenhauseingang und half Sylvia, vom Stuhl in sein Auto zu wechseln. Er verstaute ihre Krücken auf der Rückbank und stieg auf den Fahrersitz.

»Hör zu«, sagte er. »Ich weiß, dass du direkt nach Hause willst, aber ich dachte, du könntest ein paar Tage in meinem Gästezimmer bleiben. Ich fühle mich teilweise verantwortlich, und die Krankenschwester sagte, dass jemand bei dir sein sollte. Mein Haus ist nur ein paar Blocks von hier entfernt. Warum kommst du nicht zum Mittagessen und entscheidest dann?«

»Ich bin ziemlich müde«, sagte sie und schaute dann in sein enttäuschtes Gesicht. »Aber ich habe auch ein wenig Hunger. Und du hast recht. Es ist wahrscheinlich am besten, wenn ich etwas esse.«

Jack grinste und fuhr die wenigen Blocks zu seinem Haus. »Ich habe in den letzten paar Nächten den Kochkanal gesehen«, gab er zu. »Ich habe eine tolle Gemüsesuppe gemacht, die dir schmecken könnte.«

»Führe mich«, sagte sie lächelnd. »Ich würde es um nichts in der Welt verpassen.«

Jack hatte vergessen, dass Cassie am Freitag zurückkommen würde, bis sie durch die Hintertür hereinkam. »Hi, Papa. Ich habe tolle Neuigkeiten«, sagte sie, als sie ihren Rucksack auf den Boden warf und sich zum Tisch drehte, den er für zwei gedeckt hatte. »Oh, du hast uns Abendessen gemacht.«

»Nun...« Er versuchte, einen Weg zu finden, um zu erklären, dass er nicht daran gedacht hatte, dass sie nach Hause kam. Er wollte keinen Aufstand provozieren. Nicht mit einer Zeugin...

Einer ganz besonderen Zeugin.

»Was hast du gekocht?« Cassie ging zum Herd und hob die Deckel der Töpfe an.»Das sieht toll aus.« Sie drehte sich um und sah ihn an. »Wo hast du kochen gelernt?«

»Ich hatte die letzten Tage eine Lehrerin«, antwortete er, nervös darüber, wie er ihr von Sylvia erzählen sollte. Er musste es bald tun, also könnte er es genauso gut jetzt tun... Oder vielleicht in ein paar Minuten. »Was sind deine Neuigkeiten?«

»Ich habe neulich mit Mama gesprochen. Sie kommt nach Hause.«

Jack legte seine Hände auf die Arbeitsplatte und schaute zu Cassie hinüber. »Deine Mutter ist seit mehr als zwei Jahren weg. Sie kommt nicht zurück.« Selbst wenn sie zurückkäme, würde er sie überhaupt zurückhaben wollen?

»Das stimmt nicht.« Cassie streckte ihr Kinn vor und starrte ihn wütend an. »Sie hat mit mir geskypt, als ich weg war. Sie sagte, sie käme hierher. Zu unserem Haus. Um uns zu sehen. Sie vermisst ihr Zuhause.«

»Sie hat sich nicht bei mir gemeldet«, sagte er langsam. »Wahrscheinlich kommt sie zu Besuch zu dir, nicht zu mir.« Er erkannte, dass dies die Wahrheit war. Emma würde auf keinen Fall zu ihrer Ehe zurückkehren.

»Das ist nicht, was sie mir gesagt hat«, sagte Cassie, während sie in der Küche umherwanderte. »Willst du, dass ich das Essen austeile? Es riecht toll. Übrigens, wer ist deine Lehrerin?«

Er holte tief Luft und sagte: »Meine Freundin Sylvia wohnt bei mir, während sie sich von einem Unfall erholt, und...«

»Es ist eine andere Frau hier?« Cassie drehte sich zu ihm um, ihr Gesicht starr vor Schock. »Was ist mit Mama?«

»Ich habe es dir gesagt. Deine Mutter hat sich seit ihrem Weggang nicht bei mir gemeldet.«

Cassie funkelte ihn an. »Wer ist überhaupt diese sogenannte Freundin von dir?«

»Das bin ich«, sagte eine melodische Stimme von der Küchentür her. »Dein Vater hat mich für ein paar Tage hier bleiben lassen, bis ich mich an meine Krücken gewöhnt habe und für mich selbst sorgen kann.«

»Und im Gegenzug hat Sylvia mir das Kochen beigebracht«, fügte Jack hinzu und gestikulierte in der Küche herum. »Sie ist wirklich gut.«

»Wo habt ihr beiden euch kennengelernt?« Cassies Gesicht war rot, und Jack wappnete sich für den wütenden Ausbruch. Er hatte die Anzeichen schon früher gesehen.

»Wir haben uns im Park kennengelernt«, sagte Sylvia. »Und dein Vater war so freundlich, mich für ein paar Tage bleiben zu lassen, nachdem ich einen Unfall mit meinem Fahrrad hatte.«

»Sie hat im Gästezimmer unten übernachtet«, fügte Jack hinzu, »und heute feiern wir, dass Sylvia eine gute Nachuntersuchung hatte. Keine Infektion. Alles heilt wie es soll.«

»Und wann wirst du nach Hause gehen?« fragte Cassie. Jack zuckte bei ihrem Tonfall zusammen.

»Eigentlich wollte dein Vater mich heute Abend nach Hause bringen. Ich war gespannt darauf, zu meinem Leben zurückzukehren – nicht, dass deine Hilfe nicht willkommen gewesen wäre, Jack«, sagte sie.

Jack lächelte sie an. »Es war mir ein Vergnügen. Ich konnte dich nicht allein lassen, um für dich selbst zu sorgen, nachdem du gefallen bist, um mir auszuweichen.« Er wünschte, sie wären allein und könnten so reden wie in den letzten Tagen. Er sah in ihren Augen, dass sie dasselbe empfand.

·   ·   ·

Cassie räusperte sich und ging zum Schrank und zur Schublade, um ein weiteres Gedeck zu holen. Jack kannte diesen entschlossenen Blick in den Augen seiner Tochter. Sie würden heute keine weitere private Zeit mehr haben.

»Was machst du beruflich?« fragte Cassie Sylvia, als sie sich an den Tisch setzte.

»Ich bin vor ein paar Jahren in den Vorruhestand gegangen, aber davor habe ich als Lehrerin gearbeitet«, antwortete Sylvia. »Meistens erste Klasse.«

»Das ist, was ich machen will«, sagte Cassie, und als Jack mit einem Teller gegrillter Gemüsesandwiches zu ihnen stieß, waren sie bereits in ein tiefes Gespräch über das Unterrichten vertieft. Er beobachtete sie beim Essen und sah, wie Sylvias großzügige Natur Cassie für sich gewann, genau wie sie es bei ihm getan hatte.

Cassie kam mit ihnen mit, als Jack Sylvia zu ihrem Haus brachte, und gemeinsam halfen sie Sylvia ins Haus. Sylvia dankte Jack erneut für seine Gastfreundschaft.

»Ich komme morgen nach der Arbeit vorbei, um zu sehen, wie es dir geht«, sagte Jack und ignorierte ihre Proteste.

Sie gab nach. »Ich werde hier sein. Und vielleicht habe ich bis dahin herausgefunden, wie ich mich genug bewegen kann, um dir ein Abendessen zu kochen.«

»Ich würde gerne zum Abendessen kommen.« Er küsste sie auf die Wange und bemerkte, dass Cassie sich abwandte. Er hatte nicht die Absicht gehabt, sie in Verlegenheit zu bringen. »Ich bin froh, dass es dir besser geht«, sagte er zu Sylvia. »Du musst immer noch mit auf eine Zugfahrt kommen, erinnerst du dich?«

»Ich erinnere mich«, sagte sie und lehnte sich gegen den Türpfosten. Die Anstrengung, ihre Vordertreppe hinaufzugehen, hatte sie geschwächt. Er sollte gehen.

»Ich schaue morgen bei dir vorbei.« Am Fuße der Treppe drehte er sich um, um zum Abschied zu winken, und sie war immer noch da und beobachtete ihn. *Verdammt*, das fühlte sich gut an.

Am nächsten Tag lag Sylvia im Bett, starrte an die Decke und dachte darüber nach, was sie im Haus erledigen musste. Die Badezimmer mussten gereinigt werden, der Kühlschrank musste aufgefüllt werden, und sie hatte nur noch ein paar Stunden, bis Jack ankam.

Mit einem Lächeln stand sie auf und mühte sich ab, das Bett zu machen. Mehrere Minuten später war sie erfolgreich und stellte sich der Aufgabe, sich zu waschen und anzuziehen. Ihr Bein schmerzte noch immer, und als sie sich die Treppe hinunterquälte, beschloss sie, in den nächsten Wochen auf der Hauptebene zu bleiben. Sie würde auf dem Tagesbett in ihrem Arbeitszimmer schlafen.

Um fünf Uhr an diesem Abend hatte sie das Abendessen fertig und deckte gerade den Tisch, als Jack anrief.

»Sylvia, kann ich das Abendessen heute Abend verschieben? Cassie hat angerufen, um zu sagen, dass sie für mich gekocht hat – mein Lieblingsessen – und gefragt, wann ich nach Hause komme.«

»Ich verstehe.« Sylvias gehobene Stimmung stürzte ab.

»Ich komme aber nach dem Abendessen vorbei«, sagte er. »Cassie war ein paar Tage weg und scheint sich ausgeschlossen zu fühlen.«

Was hatte sie erwartet? Er hatte eine Tochter, genau wie Mark. Cassie war, wie Elaine, die ganze Welt ihres Vaters. »Nun, warum kommst du dann nicht zum Nachtisch vorbei?« fragte sie hoffnungsvoll. *Hast du keine Scham?* Die negativen automatischen Gedanken waren wieder da. Sie hatte ihr Fehlen gar nicht bemerkt – bis jetzt.

»Macht es dir etwas aus, wenn ich Cassie mitbringe?« fragte er zögernd. »Ich meine, falls sie mitkommen möchte?«

»Natürlich nicht. Ich habe einen leckeren Apfelkuchen und Eis gemacht. Ich kann nicht alles alleine essen.«

»Wir... ich werde da sein«, sagte Jack. »Ich liebe Apfelkuchen.«

»Ich sehe euch gegen halb sieben.«

Jack begann, nach Hause zu gehen. Cassie hatte nur eine Stunde zuvor unerwartet und atemlos angerufen und darauf bestanden, dass er direkt nach Hause komme.

»Ich habe eine Überraschung für dich«, sagte sie.

»Was für eine Überraschung?« hatte er vorsichtig gefragt. Cassies Überraschungen waren nicht immer gut, und in letzter Zeit bestand ihr Refrain darin, dass sie zurück zur Schule in Kelowna gehen wollte. Er hoffte, sie würde sich nicht zu viel Mühe geben, um seine Meinung zu ändern. Die Woche ohne sie war nicht so schlimm gewesen, wie er befürchtet hatte, und er wusste, dass er zurechtkommen würde, wenn sie zur Schule zurückkehrte. Zum ersten Mal seit zwei Jahren freute er sich auf seine Zukunft – und er hoffte, dass Sylvia darin vorkommen würde.

Er betrat die Küche, bemerkte drei Gedecke auf dem Tisch und lächelte. Sylvia hatte überrascht und traurig geklungen, dass er nicht zum Abendessen da sein würde, und währenddessen plante sie, die ganze Zeit hier zu sein. Er müsste sich daran erinnern, mit ihr kein Poker zu spielen. Sie war eine ausgezeichnete Schauspielerin.

Er beschloss, dass zwei dieses Spiel spielen konnten, und verzögerte seinen Gang ins Wohnzimmer, um sie zu begrüßen, und wählte stattdessen, nach oben zu gehen, um zu duschen und sich umzuziehen. Er wollte ihre Überraschung nicht verderben.

Einige Minuten später sprang er die Treppe zum Wohnzimmer hinunter, hielt zwei Stufen vor dem Ende an und starrte auf die Frau, die dort saß.

»Hallo, Jack«, sagte Emma. Sie saß in dem Sessel, der der Treppe zugewandt war. Ihr Sessel. Jack fühlte sich, als hätte ihn eine Tonne Ziegelsteine auf die Brust getroffen, und hätte auf den letzten beiden Stufen fast das Gleichgewicht verloren.

Er schaute sie an und fragte sich einen Moment, ob die letzten drei Jahre ein Traum gewesen waren. Ihr Gesicht, dasselbe, in das er jeden Morgen dreißig Jahre lang geblickt hatte, war da und lächelte ihn an, kannte ihn, so schön wie immer.

»Emma. Was machst du hier? Ich dachte, du wärst in Spanien.«

»Sie ist nach Hause gekommen, um uns zu besuchen, Papa.« Cassie machte Anführungszeichen mit den Fingern um das Wort *besuchen* und lächelte sie glücklich an.

» Ich verstehe. War das also deine Überraschung?«, fragte er Cassie, während er Emma weiterhin ansah.

»Ich bin gekommen, um mit dir zu sprechen, Jack«, sagte Emma. »Cassie hat mich zum Abendessen eingeladen, und wir haben den Nachmittag damit verbracht, uns auf den neuesten Stand zu bringen.«

»Ich verstehe«, sagte Jack und erinnerte sich daran, dass Sylvia keine zwei Stunden zuvor dieselben Worte zu ihm gesagt hatte.

»Sollen wir zu Abend essen?«, fragte Cassie, offensichtlich erfreut darüber, dass die beiden im selben Raum waren. »Es ist ewig her, dass wir gemeinsam als Familie zu Abend gegessen haben.«

Emma sah Jack an, und Jack sah Emma an.

»Ja, lass uns essen«, sagte Emma schließlich und sprach für beide. Sie hatte sich nicht verändert. Sie fühlte sich immer noch berechtigt, in seinem Namen zu sprechen und Entscheidungen zu treffen, die ihn betrafen, ohne seine Zustimmung. Er folgte ihnen zum Tisch, den Cassie mit dem besten Porzellan gedeckt hatte, und sie setzten sich auf ihre gewohnten Plätze. Er fühlte sich unbehaglich, als sie Platten um den Tisch herumreichten.

»Du hast auf dich aufgepasst, Jack«, sagte Emma und musterte ihn von oben bis unten. »Du hast etwas abgenommen, und Cassie sagt, du gehst mehr spazieren.«

»Papa lernt auch kochen.« Cassie reichte Jack die Kartoffeln. »Er hat mir gestern das köstlichste Sandwich gemacht.«

Emmas Augenbrauen hoben sich, als sie ihn ansah. »Na, das ist ja was Neues. Du hast einige Veränderungen vorgenommen.«

Jack schnitt in sein Hähnchen und nahm einen Bissen, kaute langsam und überlegte, was er sonst noch sagen könnte. Hatten sie immer Gespräche geführt, als wäre er nichts anderes als eine Marionette, der sie Worte in den Mund legten? Er hörte ihrem Gespräch zu, während er Bissen für Bissen hinunterwürgte. Endlich war die Mahlzeit vorbei. Hoffentlich bedeutete das, dass Emma bald gehen würde.

»Ich dachte, du hättest dieses Haus inzwischen verkauft«, sagte Emma, während Cassie in der Küche geschäftig den Kaffee zubereitete. »Ist es nicht zu viel für eine Person, sich darum zu kümmern?«

»Nun, wir sind momentan zu zweit, die hier wohnen«, antwortete Jack. »Ich dachte, Cassie hätte genug von Veränderungen. Als sie ihre Mutter verlor, musste sie nicht auch noch das Haus verlieren, in dem sie aufgewachsen ist.« Emmas Lippen pressten sich fest zusammen, und er wusste, dass seine Worte ins Schwarze getroffen hatten.

»Aber sie geht im Herbst wieder zur Uni. Was wirst du dann tun?«

»Ich werde zurechtkommen.« Er starrte sie an. »Wo ist Lorenzo?«

»Lorenzo ist in der Innenstadt. Er hatte eine Konferenz in der Stadt, und ich bin mit ihm gekommen.«

»Ich verstehe.« Er machte eine Pause, als Cassie rückwärts durch die Tür zwischen Küche und Esszimmer ging und sich umdrehte, um ein Tablett mit zwei Kaffeetassen, Sahne und Zucker, Löffeln und einigen selbstgemachten Keksen auf den Tisch zu stellen.

»Leistest du uns keine Gesellschaft?«, fragte er, als sie zur Haustür ging.

»Oh, ich dachte, ich gehe joggen, während ihr beide redet«, sagte Cassie. »Ich bin um sieben zurück.«

Jack und Emma sahen zu, wie die Tür hinter ihrer Tochter zufiel.

»Sag mir, Emma. Warum bist du wirklich hier?«

Es war halb sieben, als es an Sylvias Haustür klingelte.

»Pünktlich wie immer.« Das liebte sie an Jack. Er war zuverlässig.

Sie schwang sich auf ihre Krücken und eilte zur Haustür, wo Cassie stand, mit eingesteckten Ohrhörern und iPod.

»Hallo, Sylvia«, sagte sie, während sie ihre Ohrhörer herausnahm. »Ich war gerade joggen und dachte, ich schaue mal vorbei, um zu sehen, wie es dir geht.«

»Danke«, sagte Sylvia und blickte an Cassie vorbei auf die Straße. »Ist dein Vater bei dir?«

»Oh, er ist zu Hause bei Mama«, sagte Cassie unbekümmert. »Sie ist heute nach Hause gekommen. Sie hat uns vermisst und beschlossen, zurückzukommen.«

»Verstehe.« *Hab ich's dir nicht gesagt? Niemand will dich.*

Sie schrie ihre niederschmetternden Gedanken innerlich an, aufzuhören..

»Ich dachte, ich komme vorbei, um zu sehen, wie du zurechtkommst, jetzt da du wieder zu Hause bist.«

Sylvia lächelte Cassie an und sah so viel von Elaine in diesem Mädchen. Das Letzte, was Sylvia sein wollte, war eine Ehezerstörerin.

»Ich habe ein paar Anpassungen vorgenommen, aber ich komme zurecht. Ich war heute Nachmittag sogar draußen, um frische Luft zu schnappen. So schönes Wetter.«

»Und du hast gekocht«, sagte Cassie und schnupperte in die Luft.

»Ja, ich habe sogar einen Apfelkuchen gebacken. Ich dachte, das wäre eine gute Möglichkeit, die alten Äpfel aus dem

Kühlschrank zu verwerten. Das meiste andere musste weggeworfen werden. Aber ich konnte mir Lebensmittel vom Markt liefern lassen. Das habe ich oft gemacht, als Mark, mein Mann, krank war und ich nicht einkaufen gehen konnte.«

»Ich wusste nicht, dass du verheiratet warst.«

»Er ist vor über zwei Jahren gestorben. Krebs.«

»Oh, das tut mir leid.« Cassies Lächeln rutschte ein wenig, bevor sie hinzufügte: »Ich bin froh, dass es dir gut geht, Sylvia. Ich sollte gehen. Ich habe ihnen gesagt, ich wäre um sieben zu Hause, und ich muss noch ein paar Kilometer laufen, bevor ich fertig bin.«

»Danke für deinen Besuch, und bitte sage deinem Vater, dass es mir gut geht. Er muss sich keine Sorgen um mich ma-chen«, sagte Sylvia, schloss die Tür, verriegelte sie und schwang sich zurück in die Küche.

Sie schnitt in den Kuchen, nahm sich ein großes Stück und goss sich eine große Tasse entkoffeinierten Kaffee ein, bevor sie sich auf einen Hocker in der Nähe der Theke setzte, den Kopf in die Hände legte und schluchzte. Sie war wieder allein und schaute von außen auf eine Familie, die auf ihre Kosten wieder vereint war.

*Über verschüttete Milch zu weinen hat keinen Sinn.* Die Stimme ihrer Mutter drang durch die Tränen. Sie verstummte erschrocken. Die Stimme war zurück. Sie musste die negativen Gedanken unterdrücken.

»Mir geht es besser. Das ist nur ein kleiner Rückschlag. Er war einsam, und ich auch. Ich bin sicher, es hätte sowieso nicht funktioniert.«

Sie hob den Kopf und schaute auf das

große Stück Kuchen vor ihr. Sie hatte in den letzten Wochen so gut gegessen.

Sylvia legte das Stück zurück in die Lücke, aus der es kam, schnitt den Kuchen in mehrere weitere Stücke, bedeckte ihn mit Frischhaltefolie und legte ihn in einen Korb. Sie würde den Kuchen zu ihrer Nachbarin bringen, die drei jugendliche Söhne hatte: ein Dankeschön für all die Male, die sie Schnee von ihrer Einfahrt geschaufelt hatten.

Sie ließ ihr Handy auf der Theke liegen, während sie weg war, und verpasste drei Anrufe: den ersten von Alice, den zweiten von Jack und den letzten von Elaine. Sie erwiderte nur zwei dieser Anrufe, als sie nach Hause kam.

Jack wartete darauf, dass Emma ihm antwortete, und spürte, wie lange vergessener Zorn in seiner Brust aufstieg. Sie hatte ihn verlassen. Sie hatte genau dort gestanden und ihm gesagt, dass sie gehe, und ihn herausfinden lassen, wie er die Scherben aufsammeln sollte, wenn sie zur Tür hinausging.

»Ich bin hier, um über Cassie zu sprechen. Du kannst sie nicht an dich binden. Sie muss gehen und sich ein eigenes Leben aufbauen.«

»Was lässt dich denken, dass ich sie festhalte, oder dass ich das überhaupt könnte?«

»Sie kocht jeden Abend für dich. Ich weiß, sie hat gesagt, dass du kochen lernst, aber Jack, wir wissen beide, dass das nicht stimmt. Sie macht sich etwas vor, deckt für dich.«

»Emma, wenn das der Grund ist, warum du den ganzen Weg hierher gekommen bist, dann hast du deine Zeit verschwendet.«

»Hast du ihr ganzes Studiengeld ausgegeben? Ist das der Grund, warum du sie nicht zur Uni zurückgehen lässt?«

»Du hörst immer noch nicht zu, oder? Ich halte Cassie nicht davon ab, zur Uni zurückzugehen. Sie ist bereits für September angemeldet.«

»Aber sie zögert, dich zu verlassen. Sie macht sich Sorgen, dass du allein nicht zurechtkommen wirst.«

»Ich komme ganz gut zurecht«, brüllte er. »Es geht dich nichts an, was ich tue.«

»Es geht mich etwas an, wenn es um unsere Tochter und ihre Zukunft geht.« Emma erhob ihre Stimme und stand am anderen Ende des Esszimmertisches. »Ich will nicht, dass ihr Leben so wird wie meins.«

Jack fühlte sich, als hätte sie ihm zum zweiten Mal an diesem Tag einen Tiefschlag versetzt. »War das Leben mit mir so schrecklich? Ich dachte, wir wären glücklich gewesen.«

»Ich habe geschworen, dass ich nie wie meine Mutter enden würde. Ich würde nie zu Hause sein und jemanden pflegen, anstatt das Leben beim Schopf zu packen. Ich habe meine Karriere aufgebaut, damit ich das nie tun müsste. Und dann, als du krank wurdest, naja...«

»Als ich krank wurde, hast du erkannt, dass du einen Fehler gemacht hast, mich zu heiraten, ist es das?«

»Nein.« Sie ging zum Fenster und schaute hinaus. »Nein, ich kann es nicht bereuen, dich geheiratet zu haben, sonst hätte ich Cassie nicht. Sie ist ein wunderbares Mädchen. Wir haben sie gut erzogen, du und ich.«

»Toll. Der einzige Grund, warum du froh bist, dass ich aufgetaucht bin, ist also, dass ich dir ein Kind schenken konnte?«

Der Schmerz ihrer früheren Ablehnung zerriss ihn erneut.

»Nicht ganz.« Sie stand da und überlegte einen Moment. »Du warst ein besserer Mann als mein Vater.«

»Josef Stalin war ein besserer Mann als dein Vater. Er war ein Säufer, ein Faulpelz, richtig gemein und, naja... es lohnt sich eigentlich nicht, darüber zu reden, oder?«

»Du warst beständig. Du warst gut zu mir und zu unserer Tochter. Du hast nie ein unfreundliches Wort zu uns gesagt. Du warst zu gut für mich.«

»Du hast mich verlassen, weil ich zu gut war? Was war falsch an mir? Was sollte ich tun, was sollte ich sein? Ich verstehe das nicht.«

Sie stand noch ein paar Minuten da, bevor sie leise sagte: »Es war nicht dein Fehler und auch nicht meiner.« Sie bewegte ihre Hand zwischen ihnen hin und her. »Wir waren es. Wir haben nicht mehr funktioniert. Zusammen waren wir weniger als getrennt. Du hast mich nicht inspiriert, besser zu sein, und ich habe dich nicht inspiriert. Wir waren abgestanden. Schal. Und was ich auch versuchte, um unsere Ehe wiederzubeleben – nichts schien zu funktionieren. Es tut mir leid, dass ich dich verletzt habe. Es tut mir leid, dass ich so gegangen bin.«

»Mit Lorenzo ist nicht alles eitel Sonnenschein?«

»Nein.« Sie lachte. »Lorenzo ist zu unbeständig dafür. Zu leidenschaftlich. Aber er fordert mich heraus. Er bringt mich dazu, mich mehr anzustrengen. Bei ihm bin ich immer ein bisschen aus dem Gleichgewicht, und das gefällt mir.«

»Ich will eigentlich nichts über Lorenzos Leidenschaft hören.«

»Ich bringe ihn auch aus dem Gleichgewicht«, sagte sie. »Ich glaube, ihm gefällt eine Frau, die sich ihm entgegenstellt.«

»Ich wünsche dir alles Gute mit ihm.« Und er war überrascht festzustellen, dass er das wirklich tat.

»Er wird in ein paar Minuten hier sein, um mich abzuholen. Ich hoffe, Cassie kommt vorher zurück. Ich würde sie gerne mit ihm bekannt machen. Sie sagte, sie wäre um sieben zurück.«

»Sieben.« Er schaute auf seine Uhr. Fünf vor sieben.

Sylvia. Er hatte ihr gesagt, er würde um halb sieben da sein. »Entschuldige mich kurz, ich muss schnell jemanden anrufen.« Er wählte die Nummer, und es ging auf die Mailbox. Wo konnte sie sein? Vielleicht im Badezimmer, oder vielleicht hatte sie ihr Handy in einer Tasche in einem anderen Raum gelassen. Er ging in die Küche, um eine Nachricht auf ihrer Mailbox zu hinterlassen.

»Sylvia, es tut mir leid, dass ich es heute Abend nicht zum Nachtisch schaffen konnte. Ein familiärer... Notfall kam dazwischen. Ich rufe dich später an, um zu sehen, wie es dir geht.«

Als er ins Wohnzimmer zurückkehrte, fand er Cassie und ihre Mutter im Gespräch vor.

»Was meinst du damit? Lorenzo kommt hierher? Warum sollte ich ihn treffen wollen?«

»Ich dachte, du würdest gerne deinen neuen Stiefvater kennenlernen.«

»Stiefvater? Aber du hast ihn verlassen. Du bist für immer nach Hause gekommen.«

»Warum solltest du das denken? Lorenzo und ich sind sehr glücklich zusammen.«

»Nein. Das kann nicht wahr sein. Du hast gesagt, du wolltest mit Papa reden.« Cassie lief im Zimmer auf und ab, und Jack stand zurück und beobachtete die Interaktion, unsicher, wie oder ob er eingreifen sollte. Zu spät bemerkte Cassie, dass er dort stand.

»Papa, sag ihr, dass du sie zurückhaben willst. Sag ihr, sie soll nach Hause kommen.«

»Ich kann sie nicht dazu bringen, etwas zu tun, was sie nicht will. Und deine Mutter hat recht. Unsere Ehe ist vorbei – schon seit langem.« War das ein dankbarer Blick, den er in Emmas Augen sah?

»Du solltest dich mehr bemühen! Erzähl ihr, wie viel du in den letzten Monaten übers Kochen und den Haushalt gelernt hast. Sag ihr, wie sehr du dich verändert hast.«

Er ging zu Cassie, die jetzt in Tränen war, und nahm sie in die Arme. »Cassie, so sehr du dir auch wünschst, dass deine Mutter und ich zusammen sind, es geht einfach nicht mehr. Sie ist jetzt mit Lorenzo zusammen. Sie hat ein neues Leben in Spanien. Mein Leben ist hier.«

Cassie riss sich von ihm los und zischte: »Ist das wegen dieser Frau, dieser Sylvia?«

»Wer ist Sylvia?«, fragte Emma.

»Sylvia ist eine Freundin von mir«, sagte Jack ruhig. »Sie ist eine Frau, mit der ich in den letzten Wochen Zeit verbracht habe.«

»Sie hat die letzte Woche hier gewohnt!«, sagte Cassie, ihre Stimme wurde lauter.

»Nein«, sagte Jack entschieden. »Sie ist für ein paar Tage bei mir geblieben, während sie sich von ihrer Operation erholte. Sie hatte sich das Bein gebrochen, und ihre Ärzte rieten ihr, die erste Zeit nicht allein zu sein. Ich fühlte mich für ihren

Unfall verantwortlich, weil sie von ihrem Fahrrad gefallen war, um nicht mit mir zusammenzustoßen. Sie hat im Gästezimmer übernachtet.« Er merkte, wie er sich rechtfertigte, obwohl er niemandem eine Erklärung schuldig war, am wenigsten Emma. »Sie blieb, bis sie ihre Krücken selbstständig benutzen konnte, und nebenbei hat sie mir ein paar Dinge übers Kochen beigebracht.«

»Wie ist sie denn so, diese Sylvia?«, fragte Emma.

»Sie ist eine nette Frau, eine Witwe. Sie liebt Spaziergänge in den Parkanlagen, mag Tiere, und sie kann kochen. Mann, kann die kochen.« Er lächelte, als er sich an das letzte Mal erinnerte, als er sie gesehen hatte. Sie küsste auch großartig – aber das würde er ganz sicher nicht mit den beiden teilen.

»Also magst du sie?«, sagte Emma und beobachtete ihn genau.

»Was gibt es da nicht zu mögen?«

»Sylvia braucht dich nicht mehr, Papa. Sie hat mir gesagt, ich soll dir ausrichten, dass es ihr gut geht«, unterbrach Cassie.

»Wann hast du mit Sylvia gesprochen?« Jacks Herz pochte.

»Ich bin nach dem Abendessen zu ihr gegangen. Habe ihr gesagt, dass Mama zurück ist. Sie schien sich zu freuen, dass ihr wieder zusammen seid.«

»Warum hast du das gesagt?«, fragte ihre Mutter. »Cassie, Lorenzo hat mich gebeten, ihn zu heiraten.«

»Ihr seid also nicht wieder zusammen? Du kommst nicht wieder nach Hause?«

»Nein«, sagten Emma und Jack gleichzeitig. Es war wahrscheinlich das erste Mal seit sehr langer Zeit, dass sie in irgendetwas übereinstimmten.

»Nein, nicht so, wie du es dir wünschst«, fuhr Emma fort. »Obwohl Lorenzo zugestimmt hat, mehr Zeit in Kanada zu verbringen. Ich vermisse dich.« Emma lächelte beide an. »Lorenzo wird jeden Moment hier sein. Ich möchte, dass ihr beide ihn kennenlernt. Das würde mir viel bedeuten.«

Cassie sank auf die nahe Couch. Sie sah klein und zerbrechlich aus, mehr als Jack sie je gesehen hatte. Ein Hupen ertönte von der Einfahrt.

»Bitte komm und triff ihn, Cassie«, drängte ihre Mutter. »Für mich?«

Cassie seufzte tief, erhob sich und ging nach draußen, um Lorenzo zu treffen. Er wiederum war charmant, etwas, was Jack nie wirklich gewesen war. Lorenzo schaffte es sogar, Cassie das Versprechen abzuringen, Spanien während der Schulferien im November zu besuchen. Emma strahlte sie an.

Bevor sie gingen, überquerte Emma die Einfahrt, um mit Jack zu sprechen.

»Ich freue mich zu hören, dass du wieder jemanden datest. Und du siehst gut aus. Es tut mir leid, dass ich dich beschuldigt habe, Cassie zurückzuhalten. Bitte nimm meine Entschuldigung an.«

»Danke«, sagte Jack, küsste sie dann auf beide Wangen und verabschiedete sich.

Jack stand mit Cassie da, während sie den beiden nachwinkte.

»Papa, warum hast du nicht um sie gekämpft?«, fragte sie.

»Deine Mutter ist kein Preis, den man gewinnen kann, Cassie. Sie ist ein Individuum mit eigenem Willen. Sie hat ihn gewählt. Das müssen wir akzeptieren.«

»Oh, Papa«, jammerte sie, rannte ins Haus und hoch in ihr Zimmer, wobei sie die Tür hinter sich zuschlug.

Nun, für heute Abend hatte sich das Ausgehen erledigt. Das Letzte, was Cassie heute brauchte, war zu denken, dass auch ihr Vater sie im Stich ließ. Er musste mit jemandem reden. Und die einzige Person, die er wirklich sehen wollte, war Sylvia.

Er wählte ihre Nummer, aber das Telefon ging direkt zur Mailbox. Er hinterließ eine weitere Nachricht und legte auf. Er müsste es bei Sylvia wiedergutmachen, und trotz dessen, was er gerade seiner Tochter über das Nicht-Kämpfen um eine Frau gesagt hatte, wurde ihm klar, dass er für Sylvia mit Drachen kämpfen würde. Was machte diese Frau nur mit ihm? Sie war erst seit ein paar Wochen in seinem Leben, aber sie hatte bereits einen Platz in seinem Herzen gefunden.

# KAPITEL 7

Sylvia wollte ihre Schwester Alice besuchen. Es war schon lange her, dass sie in Kamloops gewesen war, der Stadt, in der sie aufgewachsen waren. Sie humpelte durchs Schlafzimmer, packte ihre Kleidung ein und rollte vorsichtig den Koffer, während sie sich auf eine Krücke stützte.

»Ich schaffe das«, sagte sie zu sich selbst. Kurz darauf saß sie im Taxi auf dem Weg zum Flughafen.

Als sie in Kamloops landete, zog Alice Sylvia in eine Umarmung und hielt sie fest. »Es ist schön, dich zu sehen, Syl. Du siehst fantastisch aus!«

»Das tue ich, nicht wahr?«, antwortete Sylvia. Sie hatte im vergangenen Monat sieben Kilo abgenommen und fühlte sich trotz ihres Beins gesünder als seit Jahren.

»Wie lange kannst du bleiben?«

»Ich bin für zwei Wochen hier, aber dann muss ich zurück. Isabella fährt Anfang August nach Oregon, um an einem Halbmarathon teilzunehmen. Ich muss zu Hause sein, um Angel zu füttern.«

»Angel. Ein sehr passender Name für diese Katze. Sie war wirklich ein Engel für dich.«

Der Besuch bei Alice war genau das, was Sylvia brauchte. Sie verbrachte Zeit mit ihren Nichten und ihrem Neffen, während

Alice bei der Arbeit war, kochte jeden Abend das Abendessen für die Familie und fühlte sich allgemein nützlich. Sie dachte oft an Jack, verdrängte ihn aber während ihrer aktiven Tage aus ihren Gedanken und stellte fest, dass sie jeden Abend, müde von all der Aktivität, schnell einschlief. Sie war fast traurig, wieder fahren zu müssen.

»Ich wünschte, du könntest für immer hier wohnen«, sagte ihr vierzehnjähriger Neffe James zu ihr, als sie sie am Flughafen verabschiedeten.

»Ich komme bald wieder zu Besuch. Das verspreche ich. Aber jetzt muss ich nach Hause.«

»Um Angel zu füttern«, piepste ihre kleine Nichte Elizabeth. »Tante muss das Kätzchen füttern.«

»Ja, genau«, antwortete Sylvia, küsste die Kinder und gab Alice eine riesige Umarmung. »Danke, dass ich bei dir bleiben durfte. Es war schön, dich zu sehen.«

»Du kannst jederzeit kommen. Ich habe überhaupt nicht gekocht. Du solltest wirklich diese Italienreise machen, von der du immer gesprochen hast.«

»Vielleicht mache ich das«, sagte sie.

Nach ihrer Rückkehr besuchte sie ihren Arzt und wurde für bereit erklärt, einen Gehgips zu bekommen. Froh darüber, ihre Krücken gegen einen Gehstock eintauschen zu können, ging Sylvia jeden Tag ein paar Blocks und spürte, wie die Kraft in ihr Bein zurückkehrte. Sie freute sich darauf, Angels Fütterung zu übernehmen, als Isabella auf Reisen ging.

Am Nachmittag vor Isabellas Flug trafen sie sich für ein paar Minuten im Park.

Isabella lächelte ihr übliches breites Lächeln. »Danke, dass du mich Angel helfen lässt. Ich fühle mich wie eine neue Frau.«

»Du siehst auch aus wie eine neue Frau«, sagte Sylvia. »Ich habe dich kaum erkannt!«

Isabella kicherte. »Das hat George auch gesagt, als ich ihn letzte Woche gesehen habe. Er ist ein alter Freund meines Mannes. Wir gehen miteinander aus.« Sie errötete.

»Gut für dich.« Sylvia freute sich für ihre Freundin. »Viel Spaß beim Rennen.«

»Den werde ich haben«, sagte Isabella, während sie Sylvia an sich drückte. »Wünsch mir Glück, dass ich meine Zeit verbessere.«

»Glück!«, sagte Sylvia. »Ich wünsche dir viel Glück.«

Isabella joggte den Weg hinunter, und Sylvia setzte sich auf die Bank, um den Katzennapf zu füllen und ihn neben sich auf die Bank zu stellen. Angel war jetzt viel mutiger und sprang auf die Bank, um sich satt zu essen.

»Na, so was«, sagte eine tiefe Stimme hinter ihrem linken Ohr. »Ich hätte es nie geglaubt, wenn ich es nicht mit eigenen Augen gesehen hätte.«

Jack stand neben ihr. Sie lächelte ihn zaghaft an.

»Meine Mutter sagte immer, dass man viel erreichen kann, wenn man geduldig ist.«

Er ging um die Bank herum, um ihr gegenüberzustehen. »Wie geht es dir? Ich habe versucht, dich mehrmals anzurufen, aber ich scheine dich verpasst zu haben. Ich wollte dir erklären, was mit—«

»Keine Erklärung nötig«, sagte Sylvia. »Cassie hat mir erzählt, dass deine Frau nach Hause gekommen ist. Ich wünsche euch alles Gute.«

»Genau das ist es«, sagte Jack. »Cassie hat die Situation missverstanden. Wunschdenken, vermutlich. Emma ist nicht zurück. Sie kam nur, um mich wegen meines Verhaltens gegenüber unserer Tochter zu tadeln und um Cassie ihren Verlobten vorzustellen.«

»Ihren Verlobten?«

»Sie und Lorenzo werden heiraten. Es hat ein paar Wochen gedauert, aber ich denke, Cassie akzeptiert endlich, dass unsere Ehe vorbei ist. Cassie wird nach Spanien reisen, um zu sehen, wo ihre Mutter lebt.«

»Deine Frau ist also nicht zurückgekehrt?«

»Ex-Frau. Nein, unsere Ehe ist vorbei. Tot.«

»Ich verstehe«, sagte Sylvia.

»Tust du das?«, fragte Jack. »Sylvia, es tut mir so leid, wenn du dadurch verletzt wurdest. Ich wollte nur, dass du das weißt.«

»Du musst zum Zug«, sagte Sylvia.

»Ja, muss ich. Ich habe noch ein paar Fahrten, bevor wir für heute schließen. Kann ich dich später anrufen?« Er sah so hoffnungsvoll aus und ihr Herz schlug schneller.

»Nein, ich meine... Nun, ich hatte gehofft... Du schuldest mir noch eine Zugfahrt«, sagte sie.

Er streckte die Hand aus, um ihre zu drücken. »Ja, das tue ich. Komm mit.«

Jack ging voraus zum Zug und hörte zu, wie Sylvia ihm von ihrem Besuch bei ihrer Schwester erzählte. Er könnte ihr den ganzen Tag zuhören, ohne dessen müde zu werden. Nachdem er den Zug zweimal um die Strecke gefahren hatte, brachte er ihn vor dem Bahnhof sanft zum Stehen, um die Kinder aussteigen zu lassen. Tyler wartete auf ihn.

»Hi, Tyler. Bist du bereit fürs Abendessen?« Er wandte sich an Sylvia. »Tyler und ich wollen heute Abend das neue Restaurant am Rand des Parks ausprobieren.«

»Geht leider nicht. Ich habe einen Zahnarzttermin«, antwortete Tyler.

Jack verengte die Augen vor seinem jungen Freund. »Ich wusste nicht, dass du einen Termin hast.«

»Hab ihn gerade gemacht.« Tyler hielt sein Handy hoch. »Sie hatten eine Absage und konnten mich reinquetschen. Ein andermal?«

Jack unterdrückte einen genervten Seufzer und wandte sich Sylvia zu. »Würdest du gerne mit mir zu Abend essen?«

Sylvia blinzelte Jack an. Sie hatte den Austausch beobachtet. »Ich-ich...« Sie hielt inne und schaute ihm in die Augen.

»Sag ja«, sagte er. »Dieser undankbare Kerl überlässt mich meinem eigenen Schicksal, und ich hasse es, allein zu essen.«

»Also gut. Ja.«

Er widerstand dem Impuls, sie zu umarmen.»Dann sehen wir uns morgen, Tyler.«

Aber Tyler war bereits auf dem Weg zum Parkplatz, und Jack hätte schwören können, dass er ihn pfeifen hörte.

Sie betraten das Restaurant, und Sylvia klatschte aufgeregt in die Hände. »Es ist italienisch«, sagte sie. »Ich fahre in zwei Monaten nach Italien. Ich habe gestern mein Ticket gebucht.«

»Du wirst also doch deine kulinarische Reise unternehmen.«

»Oh ja. Und dann werde ich vielleicht nach einem Job als Köchin in einem Restaurant wie diesem suchen.«

Sie verbrachten die nächsten Minuten damit, die Speisekarte durchzusehen, und die nächste Stunde verging wie im Flug, während sie aufholten.

»Ich habe dich vermisst.« Er nahm ihre Hand in beide seine.

»Ich habe dich auch vermisst.«

»Glaubst du, wir könnten von vorne anfangen – es noch einmal versuchen?«

»Ich würde lieber da weitermachen, wo wir aufgehört haben«, sagte sie. »Erste Dates sind so unbeholfen.«

»Das würde mir gefallen.«

Drei Monate später stand Jack am

Ankunftsgate des Flughafens und grinste, als er Sylvia auf sich zukommen sah.

»Wie war deine Reise?«, fragte er.

»Meine Reise war wunderbar.« Sie ließ sich von ihm in die Arme schließen. »Aber es ist viel schöner, wieder zu Hause zu sein.«

# ANGELS NÄCHSTES KAPITEL

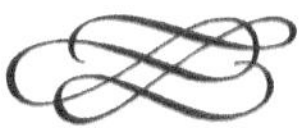

## EPILOG ZU EINEM NEUEN LIEBESANFANG

# VORWORT

Dieser Epilog wurde als Antwort auf Fragen von Lesern geschrieben, die wissen wollten, was als Nächstes mit Sylvia, Jack und Angel passiert.

Danke für eure Nachfragen. Ich hoffe, es gefällt Ihnen.

TEIL EINS

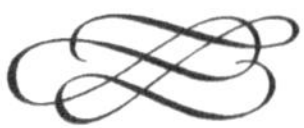

Sylvia nennt mich Angel. Es hat lange gedauert, bis ich verstanden habe, dass das mein neuer Name ist, weil ich früher ›Ärger mit großem Ä‹ genannt wurde. Als ich jung war, hatte ich eine Vorliebe fürs Klettern auf Vorhängen und Weihnachtsbäumen, und mein letzter Mensch hat das nicht geschätzt.

Ich weiß das, weil sie immer sagte: »Ich schätze das nicht«, wann immer ich auf irgendetwas kletterte. Selbst nachdem ich aufgehört hatte, auf Zimmerbäume und Vorhänge zu klettern und mich für Arbeitsplatten entschied, um näher ans Hähnchen zu kommen, hat sie es immer noch nicht geschätzt.

Aber das war in meinem Kätzchenjahr, und seitdem habe ich gelernt, wie man sich in einem Zuhause benimmt. Obwohl, da ich vielleicht nie wieder das Innere eines Hauses sehen werde, spielt es keine große Rolle, dass ich mich überhaupt an meine Hausmanieren erinnere.

Jedenfalls zurück zu Sylvia. Ich mag sie. Sie ist, bis vor einigen Wochen, ein zuverlässiger Mensch gewesen. Sie hat mir jeden Tag seit dem Frühling Futter gebracht, und es scheint, als hätte sie während ihrer Abwesenheit Hilfe angeworben. Eine andere Frau, diejenige, die läuft, kommt jeden Tag, seit Sylvia weg ist, und hinterlässt mir Futter. Nicht das gute Zeug, das Sylvia bringt, aber trotzdem Futter. Manchmal hilft auch Jack. In den letzten Tagen war es hauptsächlich Jack. Er läuft nicht weg wie die Läuferin. Stattdessen scheint er Gesellschaft zu wollen. Ich weiß nicht recht, was ich von Jack halten soll. Er nimmt viel von Sylvias Zeit in Anspruch. Zeit, die sie damit verbringen könnte, mich zu besuchen.

Ich vermisse sie.

Jack sitzt die meisten Tage auf der Bank. Unserer Bank, auf der Sylvia normalerweise mit ihm sitzt und auf der sie an dem Tag saß, als sie mir zum ersten Mal Futter brachte. Die Bank steht in einem schattigen Teil des Parkgartens, was gut ist, weil es jetzt Spätsommer ist und an den meisten Tagen noch heiß. Ich beobachte Jack aus den Büschen, weil es sich nie lohnt, Fremden zu nahe zu kommen, und ich höre zu.

Er sieht wehmütig aus. Als ob auch er sich wünschen würde, dass sie hier wäre. Ich weiß das, weil er mir, wenn ich mich anschleiche, um das Futter zu holen, erzählt, dass er sie vermisst, dass sie auf einer kulinarischen Reise durch Italien ist, um besser kochen zu lernen. Obwohl er nicht glaubt, dass sie besser kochen müsste. Er findet sie perfekt, genau wie sie ist.

Meine Ohren spitzen sich, wenn ich das Wort Kochen höre. Ich hoffe, sie lernt, mehr Essen für Katzen zu machen. Mein erster Mensch, der mich Ärger mit großem Ä nannte, war ein Ass in der Küche. Ich liebte es, dort zu leben, besonders nachdem ich sie darauf trainiert hatte, mich zuerst zu füttern.

Heute scheint Jack einen federnden Schritt zu haben, als er sich der Bank nähert. »Angel«, sagt er, »sie ist zu Hause. Sie wird jeden Moment hier sein.«

Ich schaue von ihm zum Weg und wieder zurück zu ihm. Es kommt niemand, arme verwirrte Seele. Er muss einen dieser Träume gehabt haben, die Menschen am Tag haben, oder sich in Fantasien verloren haben. Wirklich, Menschen kommen auf die seltsamsten Ideen.

»Du glaubst mir nicht, oder?« sagt Jack. »Ich habe sie mit eigenen Augen gesehen. Habe sie gestern nach Hause gebracht. Und ich weiß, dass sie heute Nachmittag hier sein wird, und sie hat eine Überraschung für dich.«

Ich schaue wieder den verwirrten Mann an und schüttele langsam den Kopf. Er scheint sehr überzeugt zu sein, und ich hoffe, er hat Recht. Ich vermisse Sylvias sanfte Stimme und die Art, wie sie mein Fell streichelt.

Ich hatte nicht erkannt, wie sehr ich es vermisst hatte, mein Fell gestreichelt zu bekommen, bis sie schließlich ihre Hand ausstreckte, um es zu versuchen. Es war zuerst zaghaft, eine sehr leichte Berührung, fast gar nicht da. Aber als ich meinen Kopf in ihre Hand lehnte, drückte sie etwas fester, und ich ließ sie mich viele Minuten lang streicheln, bis ich zur Besinnung kam und weghuschte. Menschen können nett sein, aber es lohnt sich nicht, zu anhänglich zu werden. Man kann sie verlieren und wo ist man dann? Domestiziert, verhätschelt an einem Tag, am nächsten für sich selbst sorgend und dein eigenes Futter fangend. Und ich sage euch, nachdem ich wundervolles, gekochtes Essen hatte, hat mein Gaumen rohe Maus nicht geschätzt, obwohl mein leerer Magen sich sicherlich nie beschwert hat.

Jack wippt jetzt mit dem Fuß auf und ab, und ich bleibe von seinem vibrierenden Bein gut weg. Das Letzte, was ich brauche, ist, von einem überaufgeregten Mann getreten oder gestoßen zu werden. Wirklich, ich wünschte, er würde spazieren gehen oder lernen, stillzusitzen.

Dann hört er auf, und ich frage mich, ob meine Gedanken das bewirkt haben. Ich habe Leute hier im Park über solche Dinge reden hören. Positives Denken, sich auf das konzentrieren, was man will. Die beiden Frauen, die jeden Tag, wenn die Sonne hoch am Himmel steht, den Park durchqueren, schwören darauf, und bis gerade eben, als ich einen Gedanken dachte und er dann aufhörte, hatte es für mich nie funktioniert.

Er schaut wieder den Weg hinunter und steht auf, also folge ich seinem Blick. Na, ich lass mich doch an den Schnurrhaaren ziehen, wenn es nicht genauso ist, wie er gesagt hat. Sylvia kommt, und er geht auf sie zu, umarmt sie. Ich bin mir nicht sicher, wie ich mich dabei fühle!

Sie ist **meine** Person. Nicht seine. Da ich mein ganzes Leben lang eine Einzelkatze war, bin ich nicht gut im Teilen. Ich gehe auf sie zu, halte Abstand von Jack und nähere mich ihren Beinen von hinten und reibe mich an ihnen. Ich füge ein gutes, kräftiges Mroww hinzu und versuche, ihre Aufmerksamkeit zu bekommen, obwohl er sie jetzt monopolisiert und sie eng an sich hält. Seinen Mund auf ihren legt. Sie scheint es zu mögen, weil sie Geräusche macht wie ein Kätzchen. Wenn ich nicht bald etwas unternehme, wird sie schnurren.

Sobald das passiert, wird er sie behalten wollen. Männer mögen, nach meiner Erfahrung, Schnurren.

Ich miaue lauter. Viel lauter und wickele meinen Schwanz um sie, während ich zwischen ihren Beinen laufe und versuche, ihre Aufmerksamkeit zu bekommen. Schließlich greife ich zum letzten Mittel und knete meine Krallen in ihr Hosenbein. Sie quiekt ein wenig, und ich bereue es kein bisschen. Eine Katze muss tun, was eine Katze tun muss.

Nach dem, was mir wie viel zu lange vorkommt – er hat sein Gesicht wieder neben ihrem –, hört sie auf, tritt zurück und beugt sich endlich herunter, um Hallo zu sagen. Das Warten hat sich gelohnt. Sie streichelt mich und ich schwelge in der Aufmerksamkeit. Es ist gut, dass sie endlich zu Hause ist.

Dann nimmt sie etwas aus ihrer Tasche und streift es über meinen Kopf und zieht es um meinen Hals fest. Was ist das? Ein Halsband. Ich bin kein Hund! Ich beschwere mich laut und versuche, es mit meinen Pfoten abzuziehen, aber sie lacht nur über meine Versuche.

»Oh Angel, sei nicht böse. Ich möchte sicherstellen, dass niemand dich ins Tierheim bringt«, sagt sie. » Ich möchte, dass die

Leute zuerst mich anrufen, wenn sie dich finden. Es ist dafür da, dass sie wissen, dass du zu jemandem gehörst, auch wenn du mir nicht genug vertraust, dass ich dich hochheben und mit nach Hause nehmen kann.«

Ich stehe da und starre sie an und versuche, durch meine Wut zu begreifen, was sie sagt. Sie möchte mein Mensch sein. Nun, verflixt. Ich unternehme einen weiteren halbherzigen Versuch, das Ding von meinem Hals zu schieben, und gehe dann zu unserer Bank, achte darauf, meinen Schwanz hoch zu halten und ihn zu wedeln, damit sie weiß, wie ich mich fühle, und dann rolle ich mich darunter zusammen, um zu zeigen, dass ich sauer bin, aber nicht zu sauer. Wenn sie mir etwas Gutes zu essen mitgebracht hat, könnte ich ihr sogar verzeihen.

Jack lacht über mich und sagt: »Na, das ist ein Anfang. Sie vertraut dir ein wenig mehr als vorher.«

Sylvia schien darüber glücklich zu sein. Ich kann das daran erkennen, wie sie ihre Zähne zeigt.

» Mal sehen, wie es läuft«, sagt sie. »In den nächsten Wochen macht die Renovierungsfirma meiner Cousine meine Küche komplett neu. Sie hatte eine Lücke in ihrem Terminplan und gibt mir Familientarife, also lasse ich es endlich genau so machen, wie ich es will.«

»Ich verstehe«, sagt Jack. Obwohl ich sagen muss, ich glaube nicht, dass er es überhaupt verstanden hat. Er sah enttäuscht aus. Sogar aufgebracht. Ich wünschte, ich könnte verstehen, warum. Ich wünschte, ich könnte ihn fragen.

»Stimmt etwas nicht?« fragt Sylvia, und ich drehe meinen Kopf, um sie wieder anzustarren. Vielleicht funktioniert diese Gedankensache wirklich. Vielleicht sollte ich nach dem fragen, was ich wirklich will. Wie bei Sylvia in ihrem Zuhause zu leben. Jeden Morgen auszuschlafen. Nicht Sonnenstrahlen jagen zu müssen, um warm zu bleiben, oder Mäuse, oder schlimmer noch, zappelnde Käfer, um satt zu werden, sondern Zentralheizung und Hausmannskost zu haben. Ich konzentriere mich auf diese Idee. Es macht mich glücklich.

»Nichts ist falsch«, platzt Jack heraus.

»Wenn du dir sicher bist«, sagt sie, bevor sie eine Küche beschreibt, die sie in Italien gesehen hat, und wie sie einige der gleichen Konzepte in ihrer Renovierung verwendet. Viel natürliches Licht, sagt sie. Hell, luftig, einladend. »Sie wird groß genug sein, dass ich ein kleines Catering-Unternehmen von zu Hause aus starten kann. Ich habe früher für eine Frau gearbeitet, vor Jahren, die ihre eigene Catering-Firma hatte, und ich habe es geliebt.«

Jack beobachtet sie beim Reden, als wäre sie das Wichtigste auf der Welt. Ich werde meine Krallen schärfen müssen. Ich möchte nicht, dass sie mich nicht mehr besucht, weil sie ihn lieber mag. Ich öffne meinen Mund und *rowl* so laut ich kann. Beide drehen sich zu mir um, und ich bemerke sein finsteres Gesicht. Gut.

»Oh, Angel, es tut mir leid. Ich war so glücklich, nach Hause zu kommen und euch beide zu sehen, dass ich es vergessen habe. Willst du sehen, was ich dir mitgebracht habe?« Sie verlässt Jack und kommt herüber, um sich vor mir zu hocken. Ich mag es, wenn sie das tut. Sich auf meine Ebene begibt wie eine Katze. Ich beschließe, sie zu belohnen, und stehe auf, um meinen Kopf an ihrer Hand zu reiben. »Moment«, sagt sie und fällt zurück, um auf dem Boden zu sitzen. »Ich hole es für dich.« Sie zieht das Paket mit den schönen Dingen, die sie immer bei sich trägt, von ihrer Schulter, und ich setze mich auf meine Hinterbeine und warte. Sie greift in das Paket und holt einen ihrer selbstgemachten Lebensmittelbehälter hervor. Mein Mund läuft bereits zusammen. Das wird gut.

Während ich warte, hält sich Jack zurück. Gut. Er kennt seinen Platz in Sylvias Leben. Ich bin die Hauptkatze, und er steht weiter unten in der Rangordnung. Solange er dort bleibt.

Sylvia stellt das Futter vor mir ab und ich nehme meinen ersten Bissen. Himmlisch. Alles andere verschwindet. Sylvia, Jack, sogar das nervige Rotkehlchen, das immer außerhalb meiner Reichweite zu sein scheint, wenn ich am Verhungern bin, aber gerne zwitschert, um mich auszulachen. Nichts wird mich unterbrechen, während ich dieses wundervolle Festmahl esse.

Es ist zu schnell vorbei, und ich trete zurück und schaue nach oben, um zu sehen, ob sie vielleicht mehr mitgebracht hat, aber sie schüttelt den Kopf. »Nicht heute,

Angel. Aber morgen bringe ich dir mehr mit«.

Dann tätschelt sie meinen Kopf und geht mit ihm weg, und ich gehe zu meinem Lieblingsplatz im Garten, um einen Sonnenstrahl zu finden.

# TEIL ZWEI

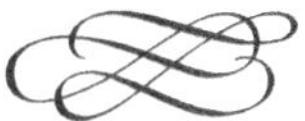

Am nächsten Tag warte ich wieder auf sie, unter einem Busch nahe unserer Bank, außer Sichtweite der Passanten, aber nah genug, um sie zu sehen, wenn sie kommt. Ich hoffe, sie kommt bald. Ich bin hungrig und sie hat mir mehr von diesem leckeren Essen versprochen. Hühnchen. Ich mag Hühnchen.

Als die Sonne hoch am Himmel steht, fast direkt über mir, genau in dem Moment, als ich überlege, nach einer Maus Ausschau zu halten oder einen weiteren Versuch mit dem nervigen Rotkehlchen zu wagen, kommt sie endlich. Korrektur.

Sie kommen endlich.

»Was hast du für mich?«, lacht sie ihn an. Sie hat mich noch gar nicht bemerkt. »Du sagtest, du hast eine Überraschung.«

»Moment mal«, sagt er und nimmt ein großes Taschentuch aus seiner Tasche und legt es auf die Bank, obwohl der Tau schon seit Stunden getrocknet ist. Ich beobachte genau, denn dieses Verhalten erscheint mir seltsam, selbst für Menschen. Er bedeutet ihr, sich auf die Bank zu setzen, und sie setzt sich auf das Taschentuch und lacht wieder. Ich mag Sylvias Lachen. Es ist nicht dieses eselartige Lachen wie beim Esel im Streichelzoo, das manche Menschen haben, sondern ein klingendes Geräusch, das mich glücklich macht.

»Was machst du da?«, fragt sie, als er nahe bei ihr steht und dann auf ein Knie geht, nah am Boden. Ich halte mich zurück. Versucht er, mich dazu zu bringen, hervorzukommen und mit ihm Freundschaft zu schließen? Aber nein. Er schaut mich überhaupt nicht an. Er schaut sie an und hält eine kleine Schachtel mit einem funkelnden Ding darin. Er sollte aufpassen, oder eine Krähe erspäht dieses Funkeln und schnappt es sich.

Sie legt beide Hände an ihr Gesicht und schüttelt den Kopf.

»Sylvia«, sagt er. »Ich weiß, wir kennen uns erst ein paar Monate, aber-«

»Oh Jack«, sagt sie, immer noch mit den Händen im Gesicht. Ich weiß nicht, ob sie glücklich oder traurig ist. Sie hat Wasser in den Augen, wie Menschen es oft haben, und manchmal bedeutet das, dass sie traurig sind, wie Sylvia es früher war.

Aber manchmal bedeutet es auch, dass sie glücklich sind. Und manchmal bedeutet es einfach, dass ihnen ein Insekt ins Auge geraten ist. Heute habe ich nicht viele Insekten bemerkt.

»Seit ich dich zum ersten Mal hier im Park gesehen habe, wie du versuchst, Angel aus dem Unterholz zu locken«, nickt er in meine Richtung, und ich trete noch weiter zurück. Ich wusste nicht, dass er mich gesehen hat. Muss ich mir für die Zukunft merken.

»Jack«, sagt sie, aber er hebt seine Hand, um sie zu unterbrechen.

»Lass mich das erst zu Ende bringen.«

Sie nickt und wartet dann darauf, dass er fortfährt.

»Seit diesem Tag, genau hier an diesem Ort, fühle ich mich durch das Zusammensein mit dir mehr wie ich selbst als seit

Jahren. Du hast mir geholfen, mich daran zu erinnern, dass ich es genieße, neue Dinge auszuprobieren, zu lernen, zu wachsen. Aber du hast mich auch die alltäglichen Dinge im Leben schätzen lassen. Wie das Beobachten eines Eichhörnchens im Baum oder das Anfreunden mit Angel und der Versuch, ihr Vertrauen zu gewinnen.«

»Du hast mir auch geholfen«, sagte Sylvia. »Als ich dich kennenlernte, war ich eine Einsiedlerin, weißt du. Du und Angel habt mir einen Grund gegeben, jeden Tag hierherzukommen.«

Du und Angel? Bedeutete das, dass er der Oberkater war?

»Lass mich das zu Ende bringen, bevor meine Muskeln verkrampfen und ich hier unten stecken bleibe«, lacht er. Sie legt ihre Finger an ihre Lippen und dreht sie, damit keine weiteren Worte herauskommen können.

»Du hast mein Leben auf den Kopf gestellt. Anstatt in den Ruhestand zu gehen und im Sonnenuntergang zu verblassen, hast du mich sehen lassen, dass ich dem Leben noch so viel mehr zu geben habe. Ich kann neue Dinge ausprobieren, neue Abenteuer erleben, und ich möchte diese Abenteuer mit dir erleben, Sylvia. Ich liebe dich.«

»Ich liebe dich auch«, sagt Sylvia.

»Willst du mich heiraten?«, fragt er und schiebt die kleine Schachtel zu ihr hin.

Sie nickt auf und ab. »Ja, ja, natürlich will ich.« Dann steckt sie das funkelnde Ding, einen Ring, an ihren Finger und greift nach seinen Händen, um ihm vom Boden aufzuhelfen. Sie sitzen zusammen auf der Bank, halten ihre Gesichter lange Zeit aneinander, und erinnern sich schließlich an mich.

Sylvia holt wieder das selbstgemachte Essen heraus und ich esse es so schnell

ich kann, damit ich weggehen und nachdenken kann. Ich werde in Zukunft meine
Krallen bei ihm einziehen müssen.

Oberkater mögen es nicht, gekratzt zu
werden.

# TEIL DREI

Jetzt bedecken Blätter den Boden. So viele Blätter. Ich genieße es, ihnen nachzujagen, und manchmal, wenn die Arbeiter kommen, um sie alle zu einem Haufen zusammenzutragen, springe ich gerne in die Haufen, bis sie mich verjagen.

Heute sind Sylvia und Jack hier, um mich zu besuchen. Sie kommen zusammen, seit er ihr den Ring gegeben hat. Sie begleitet ihn bis zu unserer Bank und dann geht er zum Bahnhof. Am Ende des Tages kommt sie zurück, um ihn abzuholen. Ich weiß nicht, wohin sie in der Zwischenzeit geht, aber ich weiß, dass sie immer an mein Futter denkt. Sie ist wirklich ein zuverlässiger Mensch.

Heute sind sie zusammen hier, und er trägt etwas Großes. Ich ziehe mich für einen Moment zurück. Bisher war er gut zu mir und ist immer nett, aber er ist nicht Sylvia. Er stellt das Ding auf den Boden, und ich werde misstrauisch. Es ist eine Box mit einer Tür.Er öffnet die Tür, und Sylvia schaut mich an und legt dann mein Futter durch die Tür hinein.

Ich trete zurück. Für was hält sie mich? Für dumm? Warum sollte ich in eine kleine Box gehen? Nein. Es wird mir besser gehen, wenn ich Mäuse jage. Ich peitsche mit meinem Schwanz und drehe mich zum Gehen.

»Angel«, ruft sie mich zurück, und ich drehe mich um, um sie anzusehen, obwohl ich extrem enttäuscht bin. »Angel, komm her«, sagt sie. Sie hat das Futter jetzt in der Hand. Nun, das ist eine Verbesserung. Die Box muss seine Idee gewesen sein. Ich funkle ihn böse an, damit er weiß, dass ich weiß, dass er schuld ist.

Sie bewegt sich näher zu mir und hält das Futter hin. Ich gebe nach und laufe auf sie zu. Sie hat wieder mein Lieblingsfutter gemacht. Das Hühnchen. Es ist das gute Zeug. Ich nehme einen Bissen und sie lässt es zu, dann entfernt sie sich ein bisschen und hält das Futter immer noch hin. Mir läuft das Wasser im Mund zusammen, also folge ich ihr und esse mit jedem Schritt ein bisschen, bis ich eine Hand an meinem Nacken spüre. Er hat mich am Halsband gepackt! Ich winde mich und kämpfe. Das will ich nicht. Kein bisschen. Aber bevor ich es weiß, bin ich in der Box, gefangen, und er hat die Box aufgehoben, und sie gehen weg. Ich stehe in der Box und versuche, auf dem schwankenden Boden das Gleichgewicht zu halten, und beschwere mich so laut ich kann, aber es scheint ihnen egal zu sein.

Sie bringen mich zum Parkplatz, einem Teil des Parks, in den ich nie gehe, weil Autos unberechenbar sind, und setzen mich auf den Rücksitz eines Trucks. Ich beschwere mich wieder, aber Sylvia lacht nur. Ich mag sie heute nicht.

»Zum Glück wohnen wir nicht weit weg«, sagt Jack. »Ich glaube nicht, dass ich dieses Katzengeheule noch länger ertragen kann.«

»Sie hat nur Angst«, sagt Sylvia. »Ich weiß, sie wird glücklich sein, sobald wir zu Hause sind.«

Sie steigen ins Auto, und wir fahren weg. Vorerst besiegt, kauere ich in der Ecke der Box.

Wie soll ich meinen Park je wiederfinden?

# TEIL VIER

Es schneit heute draußen. Ich kauere auf der Fensterbank im Wohnzimmer meines neuen Zuhauses, beobachte die großen Flocken und bin dankbar, dass ich nicht dort draußen bin und mich wie letztes Jahr im Unterholz verstecken muss. Sylvia hatte Recht. Ich hatte Angst, meinen Park zu verlassen. Angst, einem Menschen wieder zu vertrauen. Angst zu glauben, dass mein Traum, eine Hauskatze zu sein, jemals wahr werden könnte.

Sie erzählte mir eines Abends, nicht lange nachdem ich hier in unser gemütliches Zuhause eingezogen war, dass sie meine Ängste verstand. Auch sie hatte Angst gehabt, einen anderen Menschen in ihr Leben zu lassen. Angst, jemandem wieder zu vertrauen. Aber sie hatte ihre Meinung geändert, als sie Jack traf, und sie hoffte, dass ich hier glücklich sein würde.

Jack ist heute draußen und räumt mit einer großen Maschine Schnee weg. Er macht solche Dinge gerne. Im Garten arbeiten, bauen, Sachen reparieren, und er hilft Sylvia bei ihrem neuen Geschäft, wenn er kann.

Sylvia kocht gerne in ihrer neuen Küche, aber heute macht sie Pfannkuchen auf dem Herd im Wohnzimmer, und Leute kommen zu Besuch, treten aus der Kälte ein.

Ich sehe mich um, rolle mich noch enger zusammen und gleite in den Schlaf.

Es ist schön, zu Hause zu sein.

Vielen Dank, dass Sie *Neubeginn für die Liebe* gelesen haben.

Wenn Sie bereit sind für eine weitere herzerwärmende Geschichte aus Sunshine Bay, verpassen Sie nicht das nächste Buch der Serie: *Zurück nach Hause zur Liebe*.

Um immer über Neuerscheinungen und besondere Neuigkeiten informiert zu bleiben, melden Sie sich gerne für meinen Newsletter auf www.JeanineLauren.com an.

Viel Freude beim Lesen,

Jeanine Lauren

# ÜBER DIE AUTORIN

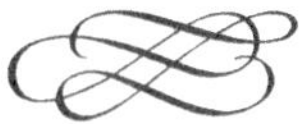

Jeanine Lauren ist eine USA Today-Bestsellerautorin, die Frauenromane und süße Liebesromane schreibt, die Freundschaft, Liebe, Gemeinschaft und zweite Chancen feiern.

Obwohl Jeanine die meiste Zeit ihres Lebens geschrieben hat, waren viele (okay, fast alle) ihrer Worte für ihre Tagesjobs, Seminararbeiten, Freiwilligenarbeit oder wurden für endlose "To-Do"-Listen verwendet, die sie selten anschaut.

2019 veröffentlichte Jeanine endlich das erste Buch ihrer Sunshine Bay-Serie – Love's Fresh Start – gefolgt von mehreren weiteren, und schreibt jetzt so schnell sie kann, um die verlorene Zeit aufzuholen.

Um zu erfahren, wann Jeanines nächste Bücher erscheinen, trete ihrer Mailingliste unter www.jeaninelauren.com bei.

Jeanine lebt im Lower Mainland von British Columbia, Kanada, nicht weit von der fiktiven Stadt Sunshine Bay entfernt, in der die meisten ihrer Charaktere leben.